# 紅葉舞う

~鬼女は伝説になった~

友野 幸生

目次

# 第一章　呉葉

## 一

猛禽類たちは、かしましい鳴き声も出さず木々の枝に身を潜め、鋭い目で人間の戦いを見下ろしている。

殴られた唇から血を滲ませている女が、男と対峙しながら足を開き、背筋をのばして両手の指先を口に入れ、力を込めて指笛を吹いた。

「鳥よ、出でよ」

猛禽類たちが一斉に飛び立つ。十羽、二十羽、すさまじい轟音とともに鋭い爪、獰猛《どうもう》な嘴《くちばし》が、前から後ろから男に襲いかかっていく。

まだあどけなさが残る女の名は呉葉《くれは》。この年天暦十一年（西暦九五七年）、十五歳になっている。陸奥国、会津郡の名もない小さな村の百姓で田刀《たと》、笹丸《ささまる》の娘だ。対する男は身の丈七尺（二百十センチメートル）、目方五十貫（体重二百キログラム）の大男。

隣接する越後国三川村の田刀、采蔵《さいぞう》だ。

長雨の後、山が崩れ笹丸の村が流された。蓄えておいた銭や布、すべての財産を失い、着の身着のままの笹丸一家が、掘っ建て小屋で途方に暮れているところへ、息子の嫁にもらいたいと、采蔵が支度銭をもって呉葉を迎えにきた。否応もなく三川村へ連れて行かれる途中、呉葉が魔王神社の祠《ほこら》を拝むと、怒った采蔵が彼女を殴り、祠を蹴って破壊した。彼は絶対の支配者であるが故に神仏を敵視し、家人にはその崇拝を許さない。

呉葉は鳥を呼ぶことができる。殴られた恐怖に命の危険を感じ、怒りの鳥を呼び、采蔵に戦いを挑んでいる。


鳥と人間の戦い、勝機は最初の一撃にある。驚いた人間が逃げ出せば鳥の勝ち。だが采蔵は鳥に屈しなかった。抜き放った三尺の刀によって、鳥は次々と翼を斬られ羽根を散らし、地面を這いつくばった。逃げる鳥を斬ることは剣の達人でも難しいが、向かってくる鳥を斬ることはへぼ侍でも容易《たやす》いことである。所詮鳥は鳥、驚かすくらいしか役にたたず、人間の敵ではない。

鳥が逃げ出すと、抗《あらが》う手段を失った呉葉は震えるしかない。

「許してくだせえ。おらが悪かったでごぜえます。おらあ、まだ死にたくねえ」

わずかに残っていた田刀の娘という自尊心《プライド》はすべて破られ、卑屈に泣き叫び、地べたに頭を擦り付けて命を乞うだけの醜女に成り下がっている。采蔵が平気で人を殺すことは聞かされている。大声で泣きながら何度も土下座を繰り返した。

呉葉には模糊とした目的があった。仇討ちである。それが彼女を生に執着させる糧となった。それがなければ、彼女は自尊心を捨てられず無謀に突進し、死を選ばざるを得なかったであろう。

大男は素直に許してくれるふうではない。髪の毛を掴まれ、頭を持ち上げられた。

「まだ殺さねえでやる。おめえは高え銭を出して買ったんだ。おめえは奴婢《ぬひ》だ」

「ヌヒ……」

少しの間、彼女には意味がわからなかった。奴婢という言葉が驚愕の矢となり、呉葉の胸に突き刺さった。田刀の娘が奴婢に落とされる。考えただけでもおぞましい。

「……奴婢、奴婢だってえ。おらが奴婢にさせられたんか」

奴婢は奴隷だ。一日中働かされ、ろくな飯も与えられず、土間にわずかな藁を敷いて寝る。自由は全くない。逃げれば主である田刀に斬られる。田刀は奴婢の生殺与奪の権を握っている。呉葉から力が抜けていった。

三川村の家に着いたときには、すでに日は暮れ夕飯時になっていた。采蔵は大鍋いっぱいに煮えたぎった汁が掛かっている囲炉裏の正面に着座した。囲炉裏端は座る順番が決まっており、中央に主人の采蔵、順に男の家族、女の家族、家人が並ぶ。そのほかに二十人はいるであろう奴婢が、わずかな藁を敷いた土間に座る。

「呉葉こっちへ来い。かわいがってやる」

土間の隅に座っていた呉葉は、驚きながらも無言で囲炉裏の側に座った。采蔵はいきなり彼女を抱きかかえ体をまさぐる。大勢の家族の前で生娘を凌辱《りょうじょく》するのだ。妻女をはじめ、家人や奴婢にまで見せつけ、逆らう者はその場で命を奪う。

七尺の体は、それだけで見ている者に恐怖を与える。加えて生まれ持った野性が絶対支配者を育て上げた。支配者は、呉葉という新たな獲物を得た。白い肌、整った顔立ち、女としては上背が高く飛びきり上等な娘だ。

「おめえを連れてきたのは、背が高えからだ。ほかの女はわしには小さすぎる。だからおめえには奴婢の中で一番ええ思いをさせてやる」

「いやー、やめて、やめてください」

家中の者が見ている前で精一杯抵抗すると、頬に張り手が飛び目の前が暗くなった。

これ以上叩かれたら死んでしまう。これ以上逆らえば殺される。

「南無観世音菩薩、南無観世……」

思わずいつもの癖で、小さいときから母菊世《きくよ》に教わっている菩薩への祈りが出た。

采蔵は神仏崇拝を許さない。気がついたときは遅かった。再び采蔵の張り手が飛ぶと、一時的に気が遠のき、痛さを飛び越えた陶酔に襲われ、全身の力が抜けていく。

采蔵が囲炉裏の青白い炎で、おとなしくなった呉葉の白い体を照らし、小袖を脱がせ帯ひもを解き赤い腰巻を剥ぐと、そこには、鬼がいた。

いきなり現れた鬼に驚いた采蔵は、背筋が一気に凍りつき、髪が逆立ち、息が止まり心の臓が飛び跳ねた。低く図太い声が耳に突き刺さる。

「采蔵、死ね」

「うわあー」

突然の恐怖に悲鳴を上げた采蔵の体は跳ね上がり、鬼から逃げ出そうとして慌てて体をひねった。が、運悪く囲炉裏の真赤に燃える熾火《おきび》の中に右手を差し込んだ。こんどは熱さで叫びながら瞬時に手を引き抜いたが、立ち上がろうとしていた足がすべって体の均衡《バランス》を失い、汁の煮えたぎる大鍋に、頭から突っ込んでしまった。沸騰した汁を飲み込みながら、熱さと苦しさに両手で囲炉裏をかきまわし、熱湯と火種を撒《ま》き散らす。

大勢の家人たちは、降りかかる熱湯と火種に悲鳴をあげて逃げ出した。藁に燃え移った火種は炎となって、たちまちのうちに天井まで駆け上り屋敷を包む。パチパチと音を出しながら火の粉は夜空一面を焦がし、大きな放物線を描いてゆっくりと落下していく。


我に返った呉葉が壮大な火事を見上げていると、一息つく間もなく、采蔵の妻女に見つかった。

「クレハ、お前のせいで家が焼けちまっただ。この性悪女《しょうわるおんな》め、ぶっ殺してやる」

太い棒で殴りかかろうとした妻女に、体当たりした者がいる。呉葉を抱きかかえ、闇の中に逃げ出したのは、いつも彼女の周りを守っている下人の飛助《とびすけ》だった。

「ふがー、お嬢様、怪我はしてねえかや」

「顔が痛え。口の中切ったけんど、ほかはさすけね（大丈夫）」

背中におぶさったまま、呉葉は降りようとしない。采蔵の恐怖から解放されると、まだ残る体の震えがゆっくり安堵に変わっていく。

長かった一日が目の前を駆け巡る。何一つ苦労を知らなかったお嬢様が嫁にされ、奴婢に落とされた。生まれてこのかた、一度も叩かれたことのない顔が何度も叩かれた。呼び集めた鳥は斬られて死んでいった。凌辱されようとしたとき、助けてくれたのは鬼。

鬼は呉葉の腹に生まれつきにある大きな痣のこと。ただの痣ではない。恐ろしい鬼の顔をした大人の手のひら大の痣だ。角が二本、目玉のない目、口は耳まで裂けている。痣は魔王の呪いだという。彼女が忌み嫌う痣が、生まれて初めて味方をしてくれた。

「采蔵、死ね」

痣の言葉は、彼女にもはっきりと聞こえた。いままで痣が喋ったことはない。では誰が言ったのか、答えははっきりとわかっている。

――魔王様が言ったに違えねえ。

呉葉は、会津の村に向かって夜通し歩いた下人飛助の背中で、子供のように眠ってしまった。笹丸は奴婢を廃止した朝廷に従い、彼らを下人と呼んだ。

大水で流され、廃墟となっている村から、聞きなれた声で吠えながら犬が駆けてくる。

「ヨタ、ヨター」

去年生まれた飼い犬のヨタだった。臆病で役にたたず、ヨタ犬と呼ばれている。

「呉葉でねえか。どうした。逃げてきたのけえ」

裸足と顔の腫れは、采蔵が悪い男だったと物語る。母菊世に抱きつくと、呉葉はただ泣きじゃくるだけの子供になっていた。笹丸が謝る。

「何だって、奴婢にさせられたって。あの野郎めとんでもねえやつだ。すまなかったなあ許してくれ呉葉、わしは知らんかった」

笹丸にとって、采蔵が置いていった銭は少なくはない。その采蔵を殺してしまったのは心苦しいことであったが、ありがたいことに、これだけあれば一家そろって念願の京に行くことができる。

二

笹丸には、京に上らなければならない使命がある。それは十五年も昔、呉葉が生まれる前のこと、彼の父が病に斃れ後を継いだとき、遺品の中にあった一枚の古い書状から始まった。

良房（藤原良房《ふじわらのよしふさ》）許し難し　応天門《おうてんもん》　火付け愚也　鞭打たれ　無き事有りやと言わされん　我が身死すとも魂死せず　我が子孫　此の無念黙すべからず
大納言伴善男《とものよしお》よりの言伝

しみがついて、褐色に変色した古い紙に書いてある難しい名前も意味も、百姓笹丸にはまったくわからない。

その夜の夢の中に、怨霊《おんりょう》となった大納言伴善男がこじ入ってきた。髪を振り乱し、痩せ衰えた体躯は片膝を突き、息も絶え絶えに鬼気迫る声を出す。

「笹丸、京に上って儂《わし》の仇《あだ》を討て。憎き良房を討つのじゃ。あやつは儂を陥《おとしい》れ、拷問して白状させたのじゃ。儂は、都から遥かに遠い山奥で果てるしかなかった。良房が憎い。踏み潰しても飽き足らぬほど憎いのじゃ」

悪夢だった。夜半に何度も目が覚め、そのたびに同じ夢を見る。

「良房を討て。良房がいなければ、その子孫が仇《かたき》じゃ。たとえ一人でも二人でも、子孫を討って儂の無念を晴らすのじゃ。よいか、必ず討つのじゃ」

大納言の悪夢は、三日にあげず続いた。妻菊世に心配をかけるわけにはいかない。

ほかに頼る人もなく、世話になっている村長《むらおさ》に相談すると、悪い霊に取り憑《つ》かれたのだという。魔王神社に参拝し、悪霊《あくりょう》を祓《はら》うように勧められた。

魔王神社は悪魔だと恐れられている。そこには天界の魔王がおり、その霊力は強く、毒をもって毒を制すのことわざのとおり、ほかの悪霊を祓う神として各地に広まり、多くの信奉者がいる。笹丸は村長《むらおさ》の言うとおりにした。魔王神社の祠《ほこら》に手を合わせ、願いごとを言う。

「魔王様、お願えでごぜえます。魔王様、……魔王様にもの申す」

しばらく拝むと、図太く恐ろしい声がした。

「天ニ物申ス不届キナ輩、何処《イズコ》ニ在ラン哉」

「ま、魔王様、ご先祖様の仇を討たせてくだせえ、い、いや、ちごうた……」

「仇討ツ事許ス」

言うことを間違った。仇討ちなどする気はない。悪い霊をやっつけてくれと頼むつもりが、逆を言ってしまった。咄嗟《とっさ》に閃《ひらめ》いたのは、いつも気にかけている子のこと。

笹丸と菊世の夫婦には長年子ができず、毎日毎日、観世音菩薩に祈っていた。二人はこれまで、悪魔の呪いがあると噂されている魔王神社に子宝を祈ったことはない。

「わしと妻菊世に子宝をくだせえ」

「子約セバソノ命、二十年ノ後、貰《モラ》ウ事トス」

「本当に子ができるんでごぜえますか」

「魔王約セシ事、違《タガ》ウ事無シ」

「わしらの命に代えても、お願えいたします。あ、まってくだせえ、仇討ちは違うんで。間違いやした、仇討ちをしねえで、くだせえ」

「天ヲ誑《タブラ》カスヤ、捨テ置ク事成ラズ、其ノ命即刻貰ウ哉、如何《イカ》ニ」

「いえ、それは困ります。その、あの」

それきり呼んでも叫んでも、返事はなかった。

その晩から悪夢はなくなるどころか、さらに激しくなった。先祖の名は伴善男というらしい。父より先の先祖を知らない彼には、仇討ちの相手がわからない。良房という者は相当偉い人だろう。夢に出てきた先祖は都に行けと言う。都で仇《かたき》を討てと言う。

笹丸は仇を討つ決心をせざるを得なかった。しかし仇が誰であるかは教えてもらえない。それは良房という者の子孫であろうことぐらいしかわからない模糊《もこ》としたものである。先祖伴善男は大納言だという。その仇は子孫が討たなければならない。たとえ相手がどんなに強大でも、一矢報いなければならない。笹丸にできなければ、その子が果たさなければならない。笹丸の決心は日ごとに固いものになっていく。

魔王神社に祈ってからすぐに菊世は身籠った。臨月になったころ、笹丸の家の前に生まれたばかりの女の子が捨てられていた。一家は呉葉が生まれるより少し先に来た赤子なので、さきと呼び、下人の子として育てることにした。

菊世は女の子を産んだ。元気な泣き声に、家中に歓声が上がる。

「おぎゃあ、おぎゃあ」

「だんな様、女の子でごぜえます。だども」

産着に包んだ赤子を父親の笹丸に見せながら、下人が囁《ささや》く。

「腹をみてくだせえ」

「ああ、ううう」

笹丸の見た赤子の腹には大きな痣《あざ》がある。恐ろしい鬼の顔をした痣だ。

「お前様、やっぱり鬼の子だがね」

「菊世すまねえ。わしが魔王様を拝んだばっかりに、赤子が呪われて鬼がついてきた」

赤子の泣き声を打ち消すように、外からなにやら妖しい呪文が聞こえてくる。

「庵邪羅誉陀羅《あんじゃらほんだら》、摩訶曼荼羅華《まかまんだらげ》、庵邪羅誉陀羅、摩訶曼荼羅華」

いつのまにか、蔀戸《しとみど》の隙間から小汚い老婆が覗《のぞ》いている。

「その赤子は呪《のろ》われている。悪魔の呪いじゃ。鬼じゃ。鬼の子じゃ。大きくなったら村に禍《わざわい》を招く。みんな鬼に食われてしまうのじゃ」

「おばばか、何で鬼のことがわかるんだ。恐ろしいおばばだ」

「生かしておいてはならぬ。殺せ、殺すのじゃ。アンジャラホンダラ、マカマンダラゲ」

家人たちが食べ物を与え老婆を追い払った。

老婆はおばばと呼ばれ、しばらく前から村に現れて住みつき、怪しい呪文を唱えながら鬼子の話をして家々を回る祈祷師である。祈祷師は妖術使いとも呼ばれ、恐れられる存在であり、村から追い出すことも、殺してしまうこともできない。

「おばばの言うとおりじゃ。さきもいることだし、この鬼面の痣じゃあ仕方がねえ。間引け、間引くんだ菊世」

「おめえさま、わかった。しかたあんめえ、間引くべ。南無観世音菩薩、南無観世音菩薩」

間引くとは子供の数を減らすため、命を奪うことをいう。それは女親の仕事。菊世が、まだ温かみの残る産湯《うぶゆ》に裸の赤子を沈めようとすると、赤子が力強く泣き出した。

「おぎゃあ、おぎゃあ、おぎゃあ」

我に返った菊世は、急いで湯から出して産着《うぶぎ》で包み、泣きながら言う。

「できねえ、おらにはできねえ」

「そ、そうか、ええだ、そうしろ。さきじゃわしらの子のかわりになんねだ。しっかり育てるべ。長年子ができなかったのじゃ。いっぺんに二人育てるべ。許してくんろわしが悪かった。おお、かわいいのう」

「お前《めえ》さま、なんて呼ぶかのう」

「そうだな、うん、くれははどうかな。お前様、痣はどうするんだなっし」

「ええ名前じゃのう。だけんど、お前様、痣はどうするんだなっし」

「仕方ねえだ。魔王様に取ってくだせえとお願げえするしかねえ」

「そんじゃあおらは、お天道様と観音様にお願えするだなし」

「それがええ。神様も仏様も、みんな拝んでおくべ」

数年後二人の子供は明暗を分けた。下人の子さきは体が弱いうえに、熱が出て耳が聞こえなくなり、話すことにも不自由した。笹丸と菊世の子呉葉は、笹丸に教わって村の田畑や山河で薬草を採り、煎じてさきに飲ませ、体の面倒を見ることや、村の悪ガキどものいじめから彼女を守ることが日課になった。

律儀な笹丸は、先祖の仇討ちを決意していたが、都に出るには銭が足りなかった。妻菊世にはあまり言わなかったが、聡明な娘に育った呉葉にはよく話して聞かせた。

「よいか、ご先祖の仇を討たなくてはならないのじゃ。仇は誰だかわからん。それは謎じゃ。都に出て仇を捜し、そして討つ。わしにできなければ呉葉、お前がやるのだ。お前ができなければお前の子供に討たせるのだ。よいな」

「うん、わかったあ。おとう」

呉葉の心には、何だかよくわからない仇討ちが植え付けられていった。

その模糊とした仇討ちが、呉葉の嫁入りの支度に采蔵からもらった銭で、にわかに現実味を帯びてきた。その采蔵から逃げ出した呉葉は思う。

――魔王も痣もいままでおらの味方をしてくれたことはねえ。それどころか、川の淵の深みにはまったり、毒草を食ったり、蛇に咬まれたりして何度か死にかかった。みんな魔王のせいではないか。じゃあ今度はどうして魔王がおらを助けてくれたんだべか。采蔵が祠《ほこら》を蹴ったからなんか。きっとそうに違えねえ。

呉葉が采蔵の家から逃げ出して来た翌日、笹丸一家は用心棒として雇った三人の侍と下人を連れて、京へ向かって出立しようとしている。

和尚が見送ってくれている。和尚は、呉葉にあんちゃの供養の経を教え、他にも文字、和歌、言葉遣いまで教えてくれた心の師である。

あんちゃとは呉葉に鳥を呼ぶ指笛を教えてくれた村の男だった。足が悪く、子供より小さかった彼は、毎日のように村の悪ガキに苛《いじ》められていた。その仕返しに、人間を攻撃するための鳥を操る指笛を習得し、悪ガキたちと戦って勝った。彼は呉葉に指笛を教えたが、まだ彼女が十分に鳥を操れないうちに、神隠しにあって死んでしまった。その後、呉葉は七年にも及ぶ独自の訓練によって、鳥を自在に操れるようになっている。

「呉葉、お前は観世音菩薩が守ってくれる。困ったことがあったら、観世音菩薩を祈るのじゃ。そして生まれ育った村を思い出すのじゃ。故郷の村がお前に勇気を与えてくれることじゃろう」

「うん、わかったあ、いいえ、わかりました和尚様、ご恩は生涯忘れませせぬ」

一行は新天地に向け、故郷の山に背を向けた。

# 第二章　鬼女紅葉

## 一

　一行が一月ほどかかって越後国頸城郡《くびきぐん》にある越後国衙《こくが》に到着すると、何やら様子がおかしい。数人の役人に取り囲まれた。

「会津から来た笹丸とその一行だな。お前たちを捕える。騒ぐでないぞ」

「ええ、いったいどうしてでござえますか。わしらは何も悪いことはしておりませぬが」

　国衙で待っていた役人、国侍たちに捕えられてしまった。縛はなかったが、一行はなぜ捕われたのかさっぱりわからない。

　笹丸一家の吟味が始まった。国司で受領《ずりょう》の名は越後守源信明《さねあきら》。言葉も丁寧で、なにやら人の良さそうな好々爺《こうこうや》にみえる。

　受領とは本来前任国司からの引き継ぎを行う書類、解由状《げゆじょう》を受け取ることである。それが役職の名前になり、国衙で一番の実力者を表す言葉となった。

「笹丸、並びにその妻菊世と娘呉葉に、三川村百姓采蔵の殺害と火付けの訴えが来ておる。其方らを処罰せねばならぬ。神妙にいたせ」

「えー、そのようなことはしておりませぬ。殺されかけたのは娘の方にございます」

「言い訳は無用にせい。そのおかげで采蔵が死んだのは間違いないであろうが」

「へ、へえ。それはそうでござえますが、それは違うんで、あの、……」

「あー、言い訳はな、無用と言うておるじゃろうて」

この老人、人を処罰するにしては、なにやら気合が入っていない。

「じゃが、沙汰をいたすまえに冥途《めいど》への土産話《みやげばなし》を聞かせてあげようかの。笹丸とは伴夏影の子孫であろう。前任受領からの引き継ぎではあるが、調べはついておるぞ。その祖父夏影《なつかげ》は応天門への火付けの罪により、この頸城郡へ流されていたのは知っておるな」

「へえ。一体何のことだかさっぱりわかりません。火付けとか流されたとか、わしは父から何も聞いておりませんので」

「なんじゃ本当に知らぬのか。お前の爺さんのことだが、応天門の騒動の罪人伴大納言に連座して、身内はあちこちに流されたのじゃ」

「へえー、おうてんもんってのは、なんか夢で見たような気もしますが」

応天門の変とは、貞観八年（八六六年）に起きた平安朝応天門放火事件である。犯人は左大臣　源　信《みなもとのまこと》であると大納言伴善男《とものよしお》が告発するが、密告により逆に伴大納言が犯人とされてしまう。裁いたのは時の太政大臣藤原良房《ふじわらのよしふさ》だ。彼は帝、清和《せいわ》天皇の祖父である。その天皇の名を使って放火事件の真相を覆《くつがえ》し、政敵である伴一族を排除しようとした。大納言伴善男は拷問を受けて白状させられ、伊豆へ流罪となり、良房を恨みながら没した。関係一族も連座して各地へ流罪になる。その中で越後国頸城郡に流されたのが、呉葉の曽祖父にあたる伴夏影であった。伴一族は政治の表舞台から消えることになる。それから九十年を超える年月が経っている。

「大納言は伴善男と申してな、伊豆へ流されたのじゃ」

「え、伴善男ですか。それなら間違えありません。夢に見た名前と同じで、わしのご先祖様でごぜえます。よくわからねえだけんど、とても偉い方のようですな」

仇《かたき》は藤原良房。笹丸は夢に見た先祖の仇を、思わぬ場所で、思わぬ人から教えてもらった。もっともそんなことは口にできない。笹丸には表裏を使い分ける才能があった。

「そうであろう、そうであろう。だからお前の祖父はここに流され、お前の父もお前もこの頸城郡に住んでいたのじゃ。じゃがの、都で何があったのかよくわからないが、侍がここにきて夏影様を討ち、その息子と孫の笹丸、お前まで討とうとしたのじゃ。このことは前の受領から聞いた話なのじゃが、お前の父とまだ小さい笹丸は危うく難をまぬがれての、北へ向かって逃げたらしい。その後追手の侍もあきらめたらしいのう」

「するとわしは夏影様の孫にあたるわけですな」

「そうじゃ。伴笹丸じゃ。今でも幼名の笹丸というそちの名を聞いて、古い話が蘇《よみがえ》って、わしも驚いたのじゃ」

「わしは今のいままで伴《とも》などという名前は知りませんでした。でもそういえば、子供のころ父に連れられて旅したことをおぼろげながら覚えております」

「そうであろう。じゃが安心せい。もう昔の話じゃ。都からの侍もおらん。この国衙では都から理由も何も一切教えてもらえなかったので何もせぬ、と前の受領から聞いておるのじゃ」

「へえ、じゃあわしらを捕えたのは都のことではないのでごぜえますか」

「そうじゃ、采蔵殺害と火付けの罪だけなのじゃが、いかがするかのう。うーむ」

信明《さねあきら》のゆったりとした物言いが二度三度と続く。ようやく賂《まいない》の要求だと気がついた笹丸は、臆面もなく懐から銭の袋を取り出して半分を持ち、

「国司様にこれを……」

　と言って差し出した。中身を確認し、すばやく懐にしまいこんだ信明は、

「うむ、あーそうじゃな。訴えはきておる。じゃがのう、采蔵がいなくなったとは正直言ってよかったと思っておるのじゃ」

　この男、受領にしては正直者である。

「大男の田刀采蔵は私利私欲をむさぼり、ろくに年貢も納めず、その力にまかせて好き勝手なことばかりしており、国衙も郡司も手を焼いていたのじゃ。その大男を始末してくれたとは、捕えるどころか大喜びで、礼を言いたいくらいじゃのう」

「へえ、さようでござえますか」

「じゃが、訴えは訴え。見逃すわけにはまいらぬのう。笹丸と菊世、それに呉葉まで名指しとなっているから捕えなくてはならぬが、どうしたものであるかのう。うーむ」

　受領信明はしきりに首をひねっている。

「は、はあ。そこを何とか、お助けを、お願げえいたします」

「うーむ」

　うなる受領の目線が、笹丸の懐にきていることに気がついた笹丸は、逡巡の末残りの銭袋から半分を差し出した。信明は咳払いをしながらそっと中身を確認し、いそい

で懐にしまうと、

「そうよのう、笹丸一行は捕えなくてはならないのじゃ。じゃが、捕えた者が他の者ならば解き放たねばならぬのう」

「へっ」

「どうじゃ、名を変えたらいかがかの」

「へ、へえ、名を変えるとどうなるんでごぜえますか」

「名が違えば捕えるわけには参らぬであろうが。他人を罰するわけにはいかんからのう。よいか、笹丸を殺すに刃物はいらぬのじゃ。おほほほほ」

「な、なるほど、なるほど。それでは、笹丸は笹吉《ささきち》に、菊世は縹《はなだ》に、呉葉は、えーとえーと、紅葉《もみじ》でいかがでごぜえましょう」

「左様か、笹吉、縹、紅葉、其方たち一行に罪はない」

「あ、ありがとうごぜえます。それから京までの旅のお許しをいただきたいのですが」

「左様のう。それはよいが、うーむ。……うーむ」

またか、と察した笹吉はしぶしぶ残りの銭を袋ごと差し出した。

「うむ、京までの旅を許す。それだけでは京に行ってから大変じゃろう。なにか都で、できることはあるのかの」

「へえ、ここにいる呉葉、いや紅葉は和歌を詠み、文字の読み書きができ、箏《こと》が弾ける才女でございます。きっと何かの役にたてるかと思います」

「ほう、和歌ができて箏が弾けるとな。では三十一文字《みそひともじ》（短歌）を何か詠《よ》んでみよ」

信明が呉葉から名を変えた紅葉に向かって言うと、彼女は即興で歌を詠んだ。

「へえ、いえ、はい、では」


あしひきの山に向かいて君待つとひとひらふたひら紅葉舞うかな　紅葉

「おお、名前を紅葉に変えたから、さっそく紅葉の和歌とは、だれに教わったのじゃ」

「はい、会津の村の和尚様でございます」

「うむ、話し方もしっかりとしておるのう。これならば都に行っても、必ず役に立つ。周りの者にも、よくしてもらえることじゃろう。ではわしが武蔵野介殿を紹介してあげよう。書付を持って頼るがよい」

采蔵を殺したことで咎められるところを、逆に思わぬ厚遇を受けた一行は旅の支度を調え直し、再び京をめざして出立した。

木の芽峠《きめとうげ》という。越前国と若狭国との分水嶺であり、北陸道最大の難所である。急峻な峠道がつづき、滑落から命を落とすものが絶えない。笹丸改め笹吉の一行は、のたのたしながら険しい山中に入り込んでいった。

峠越えは困難を極めた。狭く急な上り坂は絶壁の山に張り付き千尋の谷が続いている。一歩間違えばどこまでも落下し、命はない。そんな坂の途中にやや広い場所があった。もうすぐ夕暮れ時になる頃合い、野宿の準備をしていると前方から怪しい人影が現れた。一人二人、後ろにも人影がある。いつの間にか十人ほどの集団に前後を挟まれていた。

「山賊だあ」

彼らはよだれを流し薄ら笑っている。一目で狂人とわかる。そうでなければこの屈強な警護の侍に向かっては来ないであろう。

「何者だ、我は都の検非違使《けびいし》、清原公行《きよはらきみゆき》が一子公衡《きみひら》なるぞ……」

警護で雇われた侍、清原公衡は賊と対峙し、大声で名乗った。身の丈六尺はここにいる者たちの中で際立って大きい。加えて広い肩幅から肉付きのよい体は剣の達人でもある。賊が斬りかかってくると公衡の剣が唸る、薙ぐ。

怒号と悲鳴が交錯し、あたりは修羅の峠と化した。女たちは逃げまどい、刀が躍動し礫《つぶて》が飛び交う。肉が裂け骨が砕け、噴血が人を染める。

運悪く、公衡の目に礫が当たった。思わず手で庇《かば》う間に、彼は背中に刃を感じた。

山賊は皆狂っている。腕が飛んでも足が飛んでも残った腕で刀を振りまわし残った足で這いずり、死ぬまで攻撃をする恐ろしい敵だった。公衡の郎党二人はすでに斃れ、公衡も傷だらけとなった。賊もあらかた死に、動ける者は二人だけになっている。

気の優しい笹吉は、田刀のくせに刀を抜いたことがない。連れてきた下人には戦う術はない。傷だらけの公衡が斃《たお》れれば、たとえ残った賊が一人だとしても皆殺《や》られる。

その公衡が斃れた。二人の賊は執拗に止めを刺し、笹吉に向かってきた。震えながら腰を引いて刀を持つ笹吉に、賊は刀を振りかぶった。

紅葉はさきと抱き合って震えている。それまでに何度も指笛を吹いて鳥を呼んでいたが、すでに暗くなっている空に鳥は現れない。もし笹吉が斬られたならば、残された下人も殺され、女たちは賊に弄《もてあそ》ばれる運命だ。

「南無観世音菩薩、南無観世音菩薩。助けて、助けてください」

賊が刀を振り下そうとしたそのとき、忽如《こつじょ》として現れた黒いものが賊の顔に張り付いた。笹吉に向かっていたもう一人の賊の顔にも、黒いものが張り付く。それは暗い森の中を飛翔する数匹の蝙蝠《こうもり》だった。賊の刀は空を斬った。

笹吉が賊に荷車を叩きつけると、悲鳴を上げて車とともに谷に落ち、最後に残った賊も突き落とした。

山中に寂静が戻っている。

「どうやら助かったぞな」

「お父、蝙蝠が助けてくれたんだ。よかった。よかったなあ」

「紅葉や、おめえが蝙蝠を呼んでくれたんかや」

「うんにゃそうでねえ。おらは蝙蝠を呼べねえし、恐くて震えていただけだ」

会津を出てから一月半、ここまで死人はおろか、けが人も病人もなく旅を続けてきた。それが狂った山賊に襲われ、侍三人と数人の下人が死に、荷物の大半を失った。

一行はさらに旅をつづけ、ようやく遠くに都の建物を見つけた。歓喜の声を上げたのは紅葉と笹吉、縹、下人のさきと飛助の五人、それにヨタ犬一匹だけだった。

二

都の入口羅城門《らじょうもん》の手前に魔王神社を見つけると、一行はそろって参拝した。

「都にも魔王様の神社があるんだなっし」

「ほんにありがてえ。南無魔王様、南無魔王様」

羅城門は朱に塗られた重層《じゅうそう》（二階）の大きな建物だった。周りには大勢の人がいる。物珍しく辺りを眺めている一行を、仲間と一緒に鋭い目で追っている者がいた。派手な水干を着て、口の周りに丸く髭がある人相の悪い男に、笹吉一行は気がつかない。

あちこち何度も訪ね歩き、ようやく武蔵野介　源《みなもとのつねもと》　経基の屋敷を見つけたとき、笹吉の脳裏に恐ろしい声が過《よぎ》った。

「殺セ。殺スノダ」

魔王の声だ。驚いてあたりを見回したが誰もいない。声は一度だけだった。

「気のせいかな。まさか魔王様の声がするわけがねえやな」

貴族の館に気圧されながら門を叩き、越後国司からの文を届けると、一時ほども待たされたのち、丸顔の若い腰元が別の空き家まで案内してくれた。ここで御台所《みだいどころ》からの知らせを待つように、とのこと。

次の日から、御台所の知らせを待つが一向にだれも来ない。一家は勝手に都での生活を始めた。笹吉は市へ出た。細かい決まりを覚えると、市は商才のある笹吉にとって、はなはだ心地よいものである。

家はしばらく人が住んでいないようで、朽《く》ちている。あちこちの穴は、飛助が真竹を切り、竹割り鉈を使って器用に修繕している。およそ家の内外は竹を使ったものが溢れている。この後、彼は自然と竹職人になっていく。縹《はなだ》はさきを使って家の周りに畑を作っているが、長旅の疲れからか腰が曲がり、だいぶ老けてしまった。

御台所からの知らせを待つ役目の紅葉には何もすることはない。薬草を探しながら指笛を吹き、鳥を呼んで遊んでいる。

笹吉は市で商売しながら、筝《こと》を手に入れた。

「紅葉、今帰《け》えったでえ。ええもんがあるんだ」

「何ですか。あら、筝だ。お父、いえ、父上、ありがとうございます」

筝は会津の村で母に教わっていた。市で買った筝は、「檎《きん》」という心地よい音がする。

――檎《きん》、檎檎、檎。


京に着いてから一月ほど経とうとしているころ、紅葉が奏でる筝の音《ね》を、外からじっと聞いている女がいる。この家に案内してくれた若い腰元だった。

「やえと呼んで下はれ。紅葉様が、あんじょう（上手に）お筝を弾けるとは、思いもしまへんどすえ。御台様《みだいさま》からの、ご伝言をお持ちしたんや。笹吉様にてはこの家に引き続き住むこと構わず。お館様、御台様に目通りするに及ばず。とのことにおます」

おっとりとした物言いは、田舎者から見れば、いかにも都の娘らしい雅《みやび》を感じさせる。

「やえ様、ではここで暮らしてもよいのでございましょうか」

「へえそのようでおます。お返事をお伺いしたいんどすけど」

「父笹吉は、ただ今都の大通りにて働いています。今は私の代役の返事しかできませせん」

「そうどすなあ、では文をしたためてもらえまへんやろか」

「たやすいことでございます」

先日笹吉が越後国司に文を送っている。文机《ふづくえ》に墨と筆を用意し礼状を書き始めた。

みだいどころさま　おめどおりかなわじにて　おやしきにはいること　おゆるしたまわりて　まことにありがたきこと　ちちさきちにかわりまして　おんれいもうしあげます　もみじ
「確かに受け取りますよって。ほな」

腰元やえは、会津の田舎から出てきたばかりの女子が、文字を書けるとは思ってもみなかった。箏が弾けて字も書ける。彼女は教養が備わっている才女のようだが、着ているものは破れた野良着だった。


暗くなってから笹吉が帰ってきた。

「紅葉に袿《うちぎ》と単衣、小袖も見つけたぞな」

「今日御台様のお使いでこの前のお腰元、やえ様が見えました。父上にこの家に住まうこと構わず、お館様、御台様に目通りするに及ばず、とのことです」

「この家に住み続けてええとな、えかったなあ。御礼の返事はしてくれたのかのう」

「はい、書付けにしなさいとのことで、一筆したためました」

「ほう、なかなかに紅葉は偉いものよのう」

「この袿を着ていればよかったなっし」

「おお、ほかにもあるぞ。市で儲《もう》けたからなあ。市女笠《いちめがさ》に真麻《まあさ》で編んだ網、緒太《おぶと》の草履に櫛《くし》とかんざしじゃ。これで貴族の真似ができる。化粧の品もたくさんあるが、足りなければまた手に入れてきようぞな。さきの分もあるんじゃ」

「だんなざまあ、ああがどう（ありがとう）ごぜえますだ」

さきの耳は聞こえないはずだが、会話はなんとかできるようになっていた。

翌日、御台所からの言いつけにより、家人が紅葉を迎えに来た。縹が曲がった腰を伸ばして言う。

「ほんにのう、御台様に失礼のねえようになあ。話し言葉にも気をつけるんだなし」

「はい、おっ母、いえ母上様」

屋敷に着くと、良子《よしこ》という名の局《つぼね》に挨拶をした。

「紅葉にございます」

局は驚いた。紅葉の身支度がやえの話と違い、破れた野良着どころか清楚で品がよい。

「来るのじゃ」

吊り上った目で紅葉をにらんだ局は、足早に御台所の部屋へ案内した。

「紅葉にございます。このたびは父笹吉、母縹ともどもお世話になりまして、まことにありがたく御礼申し上げます。また御台様に、おみやげの品を申しつかっております」

色白で美しい化粧の御台所は、目を見張るような召し物で、心地よい香りがしている。嫋《たお》やかな風情は今にも崩れてしまいそうな、細い顔と体ではあったが。

「そなたが紅葉かえ。なかなかに容姿端麗な女子やのう。親御様からのみやげの品も、ありがたくいただいておきますぞ。ところで、お箏をあんじょう（上手に）弾くとな。わらわにも聴かせてたもれ」

「恐れながら、謹んで弾かせていただきます」

外つ国より伝わったという箏が運ばれた。家で使っている箏とは、比べ物にならないほど立派なものだった。

糸を張り三本の指に爪をつけ、琴柱《ことじ》を押さえて弾くと、槫《きん》と美しい音がした。

――槫、槫槫、槫……

「なかなかにええ音しますなあ。ところでのう紅葉、わらわの腰元にならぬかの。わらわはすでに年じゃとて体も弱い。おまえはんのような聡明な女子がおれば、うれしいものなのや。いかがかの」

「身に余るお言葉、この上なくありがたく、大変にうれしゅうございます。御台様のお心のままに御願い致します」

「おお、そうか。では明日、いや仕度もあるやろうて明後日にもここへおいでや。初めは局の教えを受けて、しきたりに慣れるのやで。そいからな、お箏もお稽古《けいこ》せんとな。よろしゅおすか」

「はい」

「母上様、御台様の腰元にしていただきました。明後日からお屋敷で働くことになりました。御台様はとてもお優しいお方です」

「おおそうか、よかったのう。神様仏様のご加護のおかげじゃ。清水寺《きよみずでら》という観音様のいるお寺があるそうじゃ。明日、さきさ連れて、飛助とお参りに行ってこお」

「はい、私をきれいな体にしていただきますように、お願いして参ります」

「たんと（たくさん）拝んでこお。お父がお前たちのために用意してくれた着物さ着ていくとええ」

翌朝、紅葉は唇に朱を塗り、小袖に袿、市女笠に真麻の網を垂らし、緒太の草履を履いた。さきも紅葉と同じに、貴族の格好をした。さきにとって一生に一度の晴れ姿である。

清水寺に着くと、皆で御本尊の千手観音に向かい手を合わせて拝んだ。

「南無観世音菩薩、南無観世音菩薩、私の体から邪気を除き、きれいな体にしてくださ い。痣を取り除いてください。摩訶般若波羅密多心経　観自在菩薩　行深般若波羅密多……」

拝んでいる三人の背中に、春のように暖かい陽が射す。どこからともなく歌が聞こえてくる。

山ニ吹ク風信心強ク　流レル水ニ身体強シ
姿清爽ニシテ能高ク　昼夜只管《ヒタスラ》祈ル可シ
人ヲ絶チテ眠ヲ絶チ　飲ヲ絶チテ食ヲ絶ツ
天ニ通ゼバ従者現ル　魔王ノ痣食シテ絶ツ

白い水干《すいかん》に黒の括袴《くくりばかま》、黒い沓《くつ》に黒烏帽子《えぼし》。髪は赤く肩で刈り揃えられ、色白で気品のある顔立ちに、背丈は常人の半分ほどしかない若い男が、扇を持って宙に浮いている。

「我、観世音菩薩の従者にして、久遠修行の者也」

「行者様、白い着物だから白い行者様ですね。その歌は、痣《あざ》を取るための歌なのですか。痣は取ってもらえるのでしょうか」

答えはなかった。男は笑みを浮かべ境内の外に移動していった。

「行者様、待って、待ってください。聞かせてください。痣は、鬼の痣は取ってもらえるのでしょうか」

紅葉は男を追って欄干を乗り越えた。その先は深い谷底だ。「あー」足を踏み外した紅葉は真っ逆さまに落ちていく。どこまでも落ちていく……。

「もみじざまー、もみじざまー」

「お嬢様、お嬢様、ふがー、起きてくだせえ」

さきと飛助の顔が見えてきた。

「あれ、夢だったんか。あんまし気持ちがええんで、眠ってしまったようだなあ」

紅葉が目を覚ました。夢にしては水干に烏帽子をつけた小さな男は、はっきりと歌をうたっていた。まるで紅葉の願いを聞き届けると、言っているように。

「魔王の痣食して絶つ」

――この痣が、もしかしたら消えるかもしれない。

それは儚《はかな》い望みだと知ってはいても、願わずにはいられない。

三

「お局様、よろしゅうにお願いします」

翌日屋敷に着くと裏口から局良子に挨拶した。氷のように冷たい目線が飛ぶ。

「いつまでもお客ではあらへんのや。皆の言うとおりにするんや」

「はい、皆様よろしゅう」

年増の腰元秋子がしわがれた声を出す。

「ぼやぼやしてたらあかん。先に庭を掃くんや」

「はい」

「はいやのうて、へえや」

胸を押しこくられた。秋子は手癖が悪い。

「はい、いえ、へえ」

紅葉の仕事はたくさんある。冷たい水仕事でお嬢様育ちの美しい手は悲鳴を上げた。夜はほかの腰元と同じ部屋に寝るのだが、やえを除いて皆意地が悪い。

幾日かして秋子に呼ばれ、連れて行かれた場所は樋殿《ひどの》と呼ばれている上級貴族の厠《かわや》。床下には大壷《おおつぼ》があり汚物がたまる。その壷を持ち出して屋敷内の堀で洗い元に戻す。邸内の堀川は表面に汚物が浮き、底にも汚物が沈殿している。汚水は渡殿《わたどの》（廊下）の脇をゆっくりと流れ屋敷の外に出て行き、小路を流れる堀川に合流する。

「ここを掃除するんや。隅々まできれいに洗うんやで」

「へえ」

いやしくも、田刀《たと》のお嬢様で育ってきた紅葉にできることではない。が、一度は奴婢に落とされた身だ。都でどんなに辛いことでも、それよりはよい。

――これしきのこと、何でもない。

と思って手を出そうとしたが、臭いが鼻をつき吐き気がして、どうしてもできない。

壷の中に紅葉の頭を押し込みながら、秋子の怒声が飛ぶ。

「どないしたんや、これしきできへんと、ここには居れへんやで」

「う、うぇー。秋子さま、許してください」

騒ぎを聞きつけ、御台所が急ぎ足で駆けつけた。

「何をしておるのや。そのようなことは下人のすることぞ。紅葉はそないな女子ではあらしまへん」

御台所の声が飛び、紅葉があやうく樋洗《ひすまし》下女にさせられるところを助けてもらった。

「御台様、助けていただき、ありがとうございます」

「お館様は信濃守を終えられて今は但馬《たじま》に居られるのや。あと二、三年は戻れまいのう。戻られるまでお箏を教えてあげるさかい」

「へえ」

離れに箏を用意せよと言われ、腰元春子と二人で準備した。春子がいたずらで箏を教えろと言う。腰元の言うことに紅葉が逆らうことはできない。

――御台様に見つかったら叱られる。

春子の箏は下手なので、バシと音がした。――バシ、バシバシ、バシ……。

紅葉は御台所から半時ほど箏の指南を受けたが、秋子とその仲間はよい顔をするはずもない。その後箏の稽古のたびに春子は喜んで箏を弾くようになった。

年が明けて春、十六歳になった紅葉は秋子の供で市へ行くことになった。朱雀大通りに出るまでに堀川小路がある。都とはいっても物騒であり、女子だけで外出はできない。警護を兼ねた家人に続いて橋を渡っていると、後ろから歩いている秋子に草履の端を踏まれてつまずき、叫び声を上げる間もなく頭から堀川に落ちてしまった。

春とは言ってもまだ水は冷たい。紅葉は泳ぎが得意ではあるが、凍えるような冷たさにもがいた。あいにく飛助は近くにいない。死に物狂いで岸にはい上がると、秋子と家人は姿を消していた。脳裏に真っ先に浮かんだのは局への恐怖だった。堀川は汚物の流れる劣悪などぶ川であった。大事な着物を台無しにしてしまい、どれほど叱られるか想像だに恐ろしい。思わず涙が溢れ泣き声をあげてしまった。田刀のお嬢様だったころは泣いたことなどなかったが、ずいぶんと泣き虫になったものである。

ずぶ濡れのまま屋敷に戻ると、案の定、局の怒鳴り声が待っていた。

「そんな恰好で本当ならお屋敷によう帰らしまへんのに、大事なお着物を台無しにしてどないしてくれるんどすか。奉公なんかやめて、とっととお帰りやす」

「うわーん」

紅葉の大きな泣き声が邸内に響いた。腰元たちは腹を抱えて笑っている。

「辛抱しておくれやす。いくら叱られたって、子供だってそんな大声で泣きしまへんで。ほんに紅葉様は泣き虫やなあ」

言いながら、やえがこまかいところまで面倒を見てくれた。彼女は腰元で唯一紅葉の味方である。いくら局に苛められても彼女がいるから我慢できる。

「ありがとう、やえ様」

けれど、彼女にも裸を見られてはいけなかった。その腹から下半身にかけて鬼面の痣があることは、まだ屋敷の誰にも知られてはいない。

翌日、紅葉は御台所に呼ばれ、叱られるのを覚悟で伺うと、

「どうしたのかえ、もう大丈夫なのかえ」

「大事なお着物を台無しにして、申しわけございません」

「おまえの体が助かったのでよかったやないかえ。良子からおまえに暇を出すように言われておるのや。良子は、わらわも一目置いてはるんでおます。でも心配せんでええで、そんなことはせえへん。こらえてや」

「へ、へえ」

「ところでわらわは頭が痛うて仕方ない。祈祷師に祈ってもらうんやけど、なかなか治らへん。横になるさかい、もう下がってええがな」

「頭が痛いのでしたならば私が薬を持っています。これです」

「この薬はどこから貰ったのかえ」

「私が升麻《しょうま》（更級升麻《さらしな》）の根をすったものです」

「升麻とは何かえ」

「山に生えている薬草の根です。お熱があるときや、頭が痛いときに効くお薬です」

「さよか、それでは試してみようかね」

「まず私が飲みますから、それからにしてください」

「そないやったのう、ほんにおまえは気が利くのう」

「この薬は飲みすぎると毒になります。必ず一包みずつ飲んで、それ以上は飲まないでください」

「おや、手首が赤くなっているのはどうしたのかえ」

「い、いえ、なんでもございませぬ」

秋子に手首を掴まれて引きずられるくらいのことは、いつものことであった。

「その様子では、そうではないやろ。だれにやられたんかわからへんが、おまえも少しは体を鍛えんといかんの。もし手首を持たれて振り回されるのやったら、相手を投げてしまってもええのや」

「ええ、そんなことできません」

「それならちょうどよい、わらわが目をかけてやっている館侍が、そういうときに身を守る技を教えてくれるのじゃ。教われば女の小さな力でも、大の男を投げつけられるようになるよって、皆に内緒で教えてくれるように言っておくからの、まじめに稽古するんやで。一年も経てば、秋子などお堀に放り込んでやることができるさかい」

「そ、そのような技があるのですか。わかりました。ぜひ教えてください」

「わらわは体が思わしくなくて強くなれんかった。子を一人産んだあと、次の子はできなかったのじゃ。おかげでほかの女房に嫌味を言われての、苦労をしたのじゃ。おまえは体も大きいし丈夫や。もっと強くならねばあかんで。ええな」

「へえ。わかりました。御台様の思し召《おぼめ》しにかないますよう努めます」

御台所の部屋から戻ると局に呼ばれた。紅葉は局良子が恐い。

「御台様とどんなお話をしたのかえ。だいたい、おまえは、御台様のお部屋に上がれるような身分じゃおまへんのやろが」

「は、はあ」

「はあやおへんのや。第一おまえは、あての近くになどにも、よう寄れん身分やろが。あての家はな宮中に出入りできる由緒ある家柄なんや。今でこそ御台様の下で働いているやけど、いつあてと御台様が逆さまになってもおかしくないんやで。よろしゅおすか」

「へ、へえ」

「へえやおへんのや。だいたいおまえは何や。遠い田舎から野宿なんぞしいしい出てきはって、ほんにみすぼらしい。おまえとあてとでは身分が違うのや。あてとお話しができるだけでも、ありがたいと思いなはれ。聞いてはるんかっ」

頬に平手打ちが飛び、乾いた音がした。返す手が反対の頬を叩く。

「いたっ、かんにんしてください」

「悪いとほんに思うとるんやら、こうやって土下座するんやで」

「お局様、お許しくださいい、いたた」

頭を掴まれ、ぐりぐりと床に押しつけられていると、真上から男の声がした。

「ほどほどにしといてやれや」

見上げると、局が呼んだという巨漢の僧、灌厳《かんげん》が嗤《わら》っている。

――我慢我慢、今は我慢するしかない。

夕方、紅葉はもう一度御台所に呼ばれた。

「薬が効いたらしい。おまえのおかげですっかりようなったわ。おおきに」

「もったいないお言葉。ご平癒うれしゅうございます」

「ところで、おまえはほかにも何かできることがあるのかえ」

「はい、三十一文字《みそひともじ》（短歌）を少々習ったことがあります」

「そうそう。越後守の書付に和歌も上手いとあったのや。そないやからおまえを腰元にしたんやったのう」

四

笹吉一家が上京してから、三度目の冬を迎えようとしている。

「笹吉はんは、笹吉ではのうて、ほんまは笹丸ではないでっしゃろか」

「知りませ、しりまへんがな。昔から笹吉でんがな」

東の市の中だった。派手な飾りをつけた水干《すいかん》を着て、口の周りに丸く髭を生やしているこの男昌平《しょうへい》は何度か笹吉に話しかけ、顔見知りになっていた。

「あんたはん、話し方に北国の訛《なま》りがあらしまへんか。笹丸とは昔の伴大納言様の子孫におるそうな。公家の間では有名な話でっせ」

「いえ違いますがな、わしは笹吉やで。関係ありまへんがな」

都に来てからというもの、笹吉はいつも誰かに見張られているような気がしていた。家の周りもときおり怪しい男を見かけるようになっていた。同じ伴でも夏影の子孫、特に笹丸は伴大納言の仇を討つ男だと調べがついているらしい。どうやら笹吉は笹丸だと見抜かれている。笹吉は縹に愚痴をこぼすことが多くなった。

「ご先祖様の仇を討つ、無念を晴らすなんて、どうすればええんだかのう。京に出てきてから三年も経っていうのに、いまだに良房の子孫の名前《なめえ》もわからねえ。それに噂では、どうやら良房の一族は、伴の一族を用心して見張っているようなのだ。だから、うっかり誰かに聞こうものなら、逆に狙われてしまうがな」

「お前さま、市で無理しねえでくんないねえ。なんか悪い予感がするんでなし」

「そだな気いつけべ。早えとこ仇討ちなんかやめて、村に帰《け》えりてえやなあ」

「んだ。それがええ、そうしてくんなっし」

畑仕事の無理がたたったのか、縹はさらに老《ふ》けた。背中全体が曲がり、立つと地面を見てしまう。首を持ち上げないと前が見えない。


雲ひとつない宵、満月が昇り始めている。家の庭でヨタが激しく吠えだした。何事かと思う間もなく、ガタガタと引き戸が揺すられ、心張棒《しんばりぼう》がはずれて四人の賊が入ってきた。

「騒ぐんじゃねえ。おとなしく銭を出せ」

賊は抜刀している。逃げようとした飛助に一人が正面から斬りつけた。短く呻いた飛助は顔を押さえて転がった。笹吉が叫ぶ。

「助けてくれ、銭は全部やる。命だけは助けてくれ」

賊が刀を振ると、逃げそこなった笹吉の足に当たる。

「助けてくれ、助けてくれ。命だけは助けてくれ」

それでも賊は攻撃をやめようとしない。男が斬りかかろうとしたそのとき、月明かりだけの部屋の中央に艶《あで》やかな帯が飛んだ。賊が気を取られると、続いて小袖が宙に舞う。

「やめでー」

さらに襦袢が飛ぶと賊の動きが止まり、つづいて赤い腰巻もふわっと開いて飛んだ。素裸になった女の豊満な胸が暗闇の中に浮かび、白い双丘を形造っている。男たちの目玉が飛び出す。

「だずげで、だずけでくだぜえ、おねげえでず」

不自由な言葉の必死の叫び声が、男たちの言葉を奪った。何の覆いもなく両腕を広げた妖しい裸体が、蔀戸《しとみど》から射す月明かりの前に移動した。

月は光と影を二次元の世界に投じ、原寸大の絵画を屋敷に飾る。素裸の女、さきはゆっくりと一回転した。胸からくびれた胴、丸くふくよかな臀部《でんぶ》と、それに続く二つの腿《もも》までも、男たちの淫卑《いんび》の視線が舐めていく。

「……そうか、それじゃあ仕方がねえ。世話になろう。笹丸、命拾いしたな」

男は昌平だった。

長い間荒々しくさきを弄んだ男たちは、その後くまなく家探しして、百両（三・七五キログラム）にもならんとする砂金のほかに床下や庭に隠しておいた銭と、金目のものは残さず持ち出した。去り際に昌平が口を開く。

「笹丸、儂は放免《ほうめん》なんや」

放免とは、検非違使庁が犯罪者の探索や捕縛、拷問などに使っていた者たちの役職。罪を犯した者や荒くれ者が雇われ、粗野で悪いことも平気で行う。

「おまはんが都に出てきたわけは何や。仇討ちやろが」

「そ、そんなことは知らねえ」

「もう一人の娘は経基《つねもと》公の館に奉公している。公の命を狙っているのやろ」

「い、いったい、何のことかわかんねえが」

「とぼけるんじゃあらへんで」

昌平の拳《こぶし》が笹吉の頬に、鈍い音を立てて食い込んだ。

「経基公は清和天子様のお孫様であるぞ。その清和天子様は、良房公のお孫様だってえことは知ってまんな」

——ええっ。

笹吉の目玉が驚きですっ飛び出す。経基の祖父が清和天皇、清和天皇の祖父が藤原良房だとは初めて聞いた。良房は笹吉のご先祖、大納言伴善男を捕え、拷問のすえ流罪にして命を奪った憎き仇である。夢に出てきた伴大納言が仇を討てと言った相手の子孫、良房の孫のそのまた孫とは誰あろう、源経基その人であった。

笹吉は都に来て以来、仇を探していたが未だに見つからないでいる。それがもっとも身近におり、しかも笹吉一家が、そろって世話になっている大恩人であったことが明らかになる。仇の謎は思わぬ者から解き明かされた。

「おまはんが大昔の仇を討つために、都に来よったことはわかっていたんや」

「仇討ちなんて、何のことかわかんねえ」

昌平の拳が再び笹吉の頬を捉えた。鼻から口から血を流した笹吉は懇願した。

「知らねえ、ほんとに知らねえんだがな。許してくれ、許してくだせえ」

「ほんまか、ほんまに知らんかったんかいな」

昌平は笹吉の顎《あご》を掴み、しばらく顔を睨む。笹吉はとぼけがうまい。とぼけの代償が拳で殴られるくらいだったら安いものだ。

「知るも知らぬも、何のことだかさっぱりわかんねえ」

「とぼけるのもいいかげんにせえな。大納言伴善男は応天門に火を放ち、捕まって流されて死んだ。捕まえたのは良房公や。その子孫である経基公の命を狙って、大納言の子孫であるおまはん、伴笹丸が都に来るかも知れんというので、警戒していたんや。

実はな、おまはんが都に来よって羅城門をくぐった時から、ずっと見張っていたんや。伴の仇討ちをしでかすはずじゃと思うてな。案の定、娘が経基公の屋敷へ奉公に出よった。――笹丸は娘を使って仇討ちをするようだぞ。と、血相を変えて見張ったんや。大納言の子孫の仇討ちを捕まえれば、ぎょうさん褒美が出る。ところが、それから三年も待ったんやけど何も起こらへんし、伴の名前も出やへん。わしらもしびれを切らしたわけや。本当に知らんようやな。もっともここへ来たんはほかにも理由《わけ》があったんや」

にやりと笑って視線をさきに向け、続ける。

「清原公行《きみゆき》様は検非違使《けびいし》庁の偉い方や。息子公衡《きみひら》様が笹吉に殺されたのだというのや。おまはん越後守様へ報告の文《ふみ》を出したやろ。その報告を聞いた公行様は、その文はうそやって思い込んだのや。私怨で検非違使を動かすことはできへんから、わしらに公衡様の仇討ちで、おまはんを殺すように命じたんや。けど、わしらだって大納言の仇討ちの褒美もほしいんでな、なかなか気が進まんと、できへんやったんや。今年になって公行様は、齢のため亡くなられてしもうたわ。今日はおまはんたちを殺して、骸場《むくろば》に捨てるつもりやったんやが、この娘に免じて堪忍《かんにん》してやるわ。もう狙わんといてやる。ただし、今後変な考えを起こしたら皆命はないで。わかったな。ほな、孝行娘を大事にしいや」

言い終わると、昌平たちは荒々しく木戸を出ていった。

「さき、さすけねか（大丈夫か）」

「んだ、ざすげねえ」

「おめえは女神様に違えねえ。おかげで命が助かった。ありがてえ、ありがてえ」

「さき、ありがとうよ」

「んだあ」

「う、う、いでえ」

「飛助、傷は浅えで、さすけね（大丈夫）。痛えことねえだ。がまんせえ」

小さく呻き続ける飛助は顔を斬られていた。傷は左の眼球を割いており、片目は失うであろう。笹吉はポンと手を打った。

「痛えこと。こと、思い出した、言伝《ことづて》じゃ。父の残した書付は言伝じゃった。写したものじゃ。本物はこの都に届いていたに違えねえ。だからわしらは見張られていたんだ。昔、本物の書付が都に届いたとき、越後に流されたご先祖、伴夏影様を調べたのじゃろう。本物の書付は夏影様に宛てたものであったのかもしれん。都では夏影様を亡き者にして、その子孫まで根絶やしにするつもりじゃったのだ。わしの父も殺そうとした。父は子供のわしをつれて会津まで逃げのびた。それから何年経つかわからんが、都ではずっと夏影の孫、笹丸を警戒していたのじゃろう」

それにしても、と言いながら大きくため息をつき、

「ご先祖、伴大納言様の仇は長え間謎だった。その答えはもっともお世話になっている経基様だったとは、偶然とはいえあんまりにも不思議なこと。越後守様もご存じねえに決まってらあ。もっとも越後守様は、仇討ちのことは何も言わなかったし、普通ならそんな古い仇討ちがあるわけがねえから、知らなくてあたりめえだ。そういやあ（そう言えば）、都に出てきたばっかりのとき、魔王様の声がしたんだ。——殺セ、殺スノダ。あれは経基様のお屋敷に着いた時のことだ。気のせいではなかった。仇を取れと教えてくれたのだなあ。御台様のお計らいで、わしはお屋敷に行かなくてもええことになる。だからあのあと魔王様は一度も出てこねえ。わしには仇討ちの機会がなかったのだ」

笹吉は「だが」と言って背中を丸めた。

「あの男、昌平は何もかも知っていた。わしは越後守様の文に、公衡様は妖《あやかし》に取り憑かれた山賊に斬られたと書いた。信じる人が多いと思うが、信じない人もいる。公

行様がお元気だったら、儂らも生きてはいられなかったろうに」

「お前様、命が助かって、よかったのう」

「ああ、だけんどもうだめじゃ、先祖の無念さ晴らすなんてできねえ。でえち（だいいち）やっちゃあいけねえ。経基様と御台様には、わしらも紅葉も、ひとかたならねえご恩がある。恨みつらみどころか、ありがてえ、ありがてえお方なんじゃ。いててて」

ひとりごちて、笹吉は足を斬られたことに気がついた。足の傷は深く、今後まともに歩くことはできないであろう。縹ともども体の自由がきかない翁《おきな》と媼《おうな》になってしまった。

こつこつと貯めた銭金はすべて盗られた。その上、満足に歩けなくなっては、もう生きてはいけない。それでも、紅葉がいる。魔王と二十年たったら命を天に奉ずるという約束がある。それまであと三年は、たとえ両足がなくなっても、生きなくてはならない。娘のために約束を守らなくてはならない。

「そうだ紅葉だ。飛助、紅葉に今のことを、仇が経基様であったなどと話してはいけねえぞ」

「へえ、へい」

「間違っても話すでねえぞ。ええか、死んでも話すんじゃあねえぞ。ええなあ」

「ふがー、へ、へえ」

　都に初雪が舞うころ、一月ほど飛助が見えない。訝《いぶか》しく思っていた紅葉が厠に入ると、顔半分に布を巻いた男が、大壺の洗い場で蹲《うずくま》っている。

「と、飛助。その顔はどうしたのじゃ」

「ふがー。賊にやられちまったんだで」

　飛助の顔は精悍だ。太い眉に目つきが鋭く、下唇が上唇を覆い、長く垂れた鼻の先にくっついている。その顔半分が手ぬぐいで覆われていた。普段から無口だが、話すときに唇から空気が漏れ「ふがー」と間の抜けた音がする。

「目は大丈夫なのかえ」

「へえ、片方だけ見えるで」

「父上、母上はいかがした」

「へえ、ご無事で。だんな様は足を斬られたけんが、杖を突くだけで済んだですだ」

「さきはどうしたのじゃ」

「ふがー、さきはおらたちを助けてくれたんで。自分から進んで裸にさなって、四人の賊の前に立って助けてと叫んだで。ふがー、そんで賊はだんな様の命を取らなかったんだけんど、隠してた銭こを全部持ってっちまった。さきはなげえ間みんなの前《めえ》で」

「弄ばれたのかえ」

「へ、へえ……」

「さきに礼を言わなくてはならぬのう。よう皆の命を守ってくれた。ありがたや」

紅葉が飛助の顔を見ると、一つしかない目の玉が一瞬、あらぬ方向にそれた。無表情を装う顔に脅《おび》えがある。

「飛助、お前ほかに何か隠してないか。え」

「な、なんもねえ……」

紅葉の勘は鋭かった。

「話せ。何を隠しているのじゃ。父と母のことであろうが。それとも仇のことか。仇が誰なのかわかったのじゃな。誰なのじゃ」

「ふがー」

飛助が頭《かぶり》を振っていると、渡殿から足音が聞こえてくる。

「紅葉、誰と話してるんや」

しわがれた声が怒りを運んでくる。秋子だ。飛助はすばやく姿を消した。意地の悪い目が睨むと紅葉も秋子を睨み返した。この女には以前、川に落とされた恨みがある。

その後御台所に目をかけられた紅葉に、腰元たちも一目置くようになっていた。彼女はいつまでも許しを乞うような、やわな女ではなくなっていた。

――秋子め、今日という今日は許さん。

するどい目線を秋子から外すことはなく、両手を口にして指笛を吹いた。

「鳥よ、出でよ。秋子を屠《ほふ》れ」

屋根を飛び越えて、群れとなった山鳩が、凄まじい羽音とともに飛翔してくる。鳥たちは秋子の頭に、顔に襲いかかった。突然の襲撃に驚いた彼女は悲鳴を上げてのけぞり、渡殿の高欄を乗り越えて、厠から流れてくる汚水路に飛び込んでいった。悲鳴と水飛沫の音と再び襲いくる山鳩の群れに、集まってくる館侍と腰元が右往左往し、中庭に喧噪《けんそう》の嵐が吹き荒れる。

「これ、待ちなされ。腰元に何をしたのじゃ」

その場から歩き出した紅葉を、二人の館侍が両手を広げ前後に挟む。正面の侍が腕を掴むと、刹那、すでに一年以上身を守る技を習得している紅葉は、反射的に体重を移動させて反転し、両腕で侍の手首を返した。侍は、か弱いはずの女の逆襲に面食らい、体がよろめいて膝をついたが、力で腕を振りほどきすぐに立ちあがった。技は男相手には思うように通用したことはない。もう一人の侍が、彼女の後ろから両腕の肘を掴んだ。

「な、何をする。離せ、離すのじゃ」

「動くでない。静かにせい」

静かにしろと言われて静かにするような紅葉ではなく、激しいもみ合いになった。正面の侍が小袖を引くと、はずみで紐が切れ短い帯が解け落ちる。後ろから抱えられ、両手を使えない紅葉は自分の着物を押さえることができず、小袖の前が開いて襦袢が見えてしまった。焦った彼女が足をばたつかせて蹴ると、侍は廊から片足を踏み外してしまう。一瞬のことだった。廊から落ちながら、何かを掴もうとして伸ばした侍の手が、彼女の襦袢の紐を引きちぎり、あろうことか、赤い腰巻を掴んでしまうと、「あっ」という叫び声の消えないうちに、赤い腰巻は足首までずり落ちた。

両腕を後ろから抱えられている紅葉はしゃがむことができず、広がった小袖と襦袢の中に立ったまま、胸から足首までの素肌を、昼日中の中庭に向かって晒してしまった。

庭に落ちた侍は紅葉の裸を見上げ、声を出せないほど驚いた。ほかの侍と腰元も彼女の腹を見て息を呑む。そこには大人の手のひら大の痣がある。ただの痣ではない。

誰が見ても一目で鬼の顔とわかる恐ろしい痣だった。

「ぶ、無礼な、手を離すのじゃ」

「こ、これは失礼仕った」

我に返った侍が驚いて手を離すと、紅葉は体を隠してそそくさと逃げ帰った。

五

年が明けて春、但馬国《たじまのくに》から源《みなもとの》経基《つねもと》が屋敷に帰ってきた。

「紅葉、お館様に挨拶をしときや」

御台所に呼ばれた紅葉は、初めて会う経基に挨拶をする。

「はい、お館様、お帰りあそばしませ。紅葉にございます。よろしゅうにお願い申し上げます」

「おお、なかなかに麗《うるわ》しい腰元よのう」

「よいかの紅葉、ここにおわすお館様は武蔵介から信濃守、但馬守を務められ、もうすぐにも鎮守府《ちんじゅふ》将軍に上られようかというお方なのや。お館様は天子様のお血筋であらせられ、六孫王《ろくそんのう》と名乗っておられる。世間ではいまだに武蔵介の方が通るがの。おほほ」

「は、はい。お館様の下で働けること、うれしゅう存じます」

「左様か、そちは箏を弾くとな。儂はの、箏《こと》の音を聴きながら和歌を詠《よ》むことが好きなのじゃ。早ように聴かせよ」

「はい、それでは」

――檎檎《キンキン》、檎檎……

紅葉の箏の音は、檎檎と美しい音を出すようになっていた。箏の音にいたく感心した経基は、紅葉が箏を弾きながら俯《うつむ》くときに垣間見えるうなじの白さに、年甲斐もなく胸を締め付けられてしまった。彼女の魅力はそれだけではない。

「そなたは和歌もできるとな。一首詠んでみよ」

「はい、それでは」


奥山にもみじふみわけ鳴く鹿の声きくときぞ秋はかなしき　猿丸太夫

「うむ、春なのに秋の歌とは、そなたの名が紅葉だからなのかの。おほほほほ」

「よい娘ですので、可愛がってあげておくれやす。おほほほ」

「そういえば晴明殿が占ってくれたのう。若くてよい娘がおるであろうとな」

「さようなことがわかるのでっしゃろか」

「うむ、陰陽師安倍晴明《おんみょうじあべのせいめい》と申す。いつか紅葉を見てもらうこととしようかのう」


紅葉が箏と和歌を披露し、経基のお褒《ほ》めをいただいたと腰元たちに知れた。

「紅葉様ようございましたなあ、でも気をつけておくれやす」

「はい」

やえが言うことの意味が、彼女にはよくわかっている。良子とその仲間が何もしてこないとは思えない。でも、そのこと以上に不安に慄《おのの》いていることがある。

──次に呼ばれたらどうしよう。お館様はこの体を見て、何と申されるのでしょうか。ああ恥ずかしい。見られたくない。でもそれでは愛しくしてもらえない。たとえだめでも、もう一度大きな神社や清水寺にも行って、取ってくださいとお願いしてみたい。それまで、お館様に堪忍してもらおう。

翌日再び経基に呼ばれ、気後れしながら伺うと御台所はいなかった。

「紅葉、そなたは美しい。儂はそなたの子が欲しいぞ」

「謹んで申し上げます。まことに申しわけなきことにて今日はお日が悪く、に、二、三日お待ちいただきたいのです」

「儂の命が聞けぬと申すか」

「なにとぞ、なにとぞお許しいただきますよう、お願いでございます」

普通の腰元ならば大喜びで言うことを聞く。貴族の女房（妾妻）になればいばっていられるという打算が生じる。伏して泣き声で訴える清楚な女の姿に、経基は機嫌を損ねるような卑小な男ではない。

「面《おもて》を上げよ。そなたの顔はこの世のものとは思えないほどの美しさがある。まるで、妖《あやかし》が化けているようじゃのう。そなたが手に入るのならば、いつまででも待とう」

「申しわけございません」

「それまで武家のことを教えて進ぜようぞ。その前に今日は儂が歌を詠むとするかの」


あはれとし君だに言はば恋わびて死なん命も惜しからなくに　源経基

「どうじゃ、儂のことを思ってくれるのならば、この命も惜しくはないぞよ」

筆をとった経基は書きしたためた和歌を紅葉に手渡した。

「そなたの箏を聴きたいのう」

「はい」

断られれば断られるほど恋しくなるもの。経基は、熱心に箏を奏でる清楚な異形、紅葉に心を奪われてしまっている。


次の日、紅葉は痣を眺めて、困り切っている。

――私にはどうしてこんな痣があるのでしょう。お館様にこの痣を見られたらどうなるのでしょう。見られたくない。でもそれでは愛《いと》しくしてもらえない。

泣き出しそうな紅葉にやえが声をかけてくる。

「紅葉様どないしたのかえ、お館様に叱られたのかえ」

「私は体の邪気を取り除いてもらわないと、お館様に喜んでいただけないのです。神様や菩薩様を毎日拝んでいるのですが叶いません」

「それならあてがよい神様を知っていますので、そこでお願いしてみまひょ」

「お願い、よい神様のところに連れて行ってください」

二人が連れだって出かけたのは、羅城門を通り抜けた鎮守の森にある魔王神社だった。

「ここは魔王様の神社ではないですか」

「へえ、この神様は必ずお子を授けてくれるんやで」

「でも恐い神様ではありませんか」

「一生懸命に拝めば大丈夫でおます」

「わかりました。では拝みましょう。魔王様、なにとぞ私の痣を消してください」

帰りすがら紅葉はふと立ちどまり羅城門を見上げた。その威容に気圧され体が震える。巨大な赤き重層の門は地獄への入口に見える。

にわかに雲が走り大通りが闇に吸い込まれていく。雷《いかずち》が落ち、閃光が走る。驚いた紅葉が見たものは地獄への入口から歩いてくる鬼だった。全身が総毛立つ。太い腕太い足、大きな目が震える彼女を見下ろす。

「紅葉来ルノダ。紅葉来イ」

地の底からわき出るような太い声がする。次の鬼も紅葉を呼ぶ。何人もの鬼が次々と列を作り、同じことを言いながら、通り過ぎていく。百鬼夜行の出現である。

――恐い。見てはいけない。でも目がつむれない。足がすくんで動けない。助けて。女の鬼が歩いてくる。二つの角を持つ鬼女だ。つり上がった目で睨み、耳まで大きく裂けた口から牙をむき出し、紅葉を呼ぶ。

「来ナサイ。オ前ノ腹ニハ鬼面ガ在ル。此方ニ来ナサイ。オ前ハ鬼女ナノダ」

「はい」

くり返し呼ぶ鬼女に魅入られてしまった。何も判断できない。何も考えられない。

「来ナサイ。オ前ハ呪ワレテイル。逃レル事ハ出来ヌ。来ナサイ紅葉」

――ついて行かなければならない。あらがうことはできない。

すでに心は鬼女に捉われてしまっている。意識がなくなった紅葉が、竦《すく》んだ足を出そうとしたそのとき、遠くから呼ぶ声がする。

「モミジー」

朦朧《もうろう》とした紅葉は、自分を呼ぶ声にかすかに反応した。

「紅葉、行ッテハナラナイ。経ダ。経ヲ唱エヨ」

「経、きょう……ぎょう、……ぎょうじん、はん、にゃはら……みたじ、しょう、けんごうんかいくう　どいっさいくやく　……」

子供の時から毎日唱えている般若心経だ。意識はなくともそらんじている。読経が進むにつれだんだんと目が覚めてきた。

「遠離一切顚倒夢想　究竟涅槃　三世諸仏　依般若波羅蜜多故……」

ぼんやりと明るさを感じるようになると、いつの間にか行者も百鬼も見えなくなっており、明るさが戻っている。

「紅葉様、紅葉様。大丈夫でおますか。急に倒れてからに」

気がつくとやえに抱かれていた。家人のほか大勢が見ている。羅城門の下で、突然気を失って倒れたらしい。

「あたりが夜のように暗くなって、いろいろな鬼が大勢歩いて行きました」

「もしや百鬼、百鬼夜行ではあらへんか」

「そうかもしれません。私がお経を上げると鬼はだんだん消えていなくなりました」

百鬼夜行を見た者は死ぬという。やえは一抹の不安を覚えた。その不安は現実のものとなる。

## 六

翌日、朝餉《あさげ》を済ませた紅葉が部屋へ歩いていくと、突然廊の前方がせり上がってきた。館が右から左へ回りはじめ、頭から真っ逆さまに、闇の底まで落ちていく。腹が痛い、と思う間もなく吐く。何度も吐きながら転び、回転している褥《しとね》にたどりついた。

――毒だ。朝餉に毒が入っていた。毒をよく知っている私としたことが、しかもやえに気をつけるように言われていたにもかかわらず、気がつかないとは迂闊《うかつ》だった。

うなり声をあげて苦しんでいると、やえが駆けよってきた。

「ど、どないしたんどすか紅葉様」

「い、息ができない。腹が痛い、苦しい。こ、小箱を、とって、水を、たくさん」

解毒に効く升麻は御台所にあげてしまってなくなっている。紅葉は苦しそうに息を鳴らしながら、何度も水を飲んでは吐いた。

「おほね（ダイコン）をすって食べさせて。次に小豆《あずき》の煮汁を飲ませて、たくさん。そのあとでしぶき（ドクダミ）を探して煎《せん》じて飲ませて、とびすけに……」

「へえ、すぐにやりますさかい」

やえはどういう事情か察知した。

――これは毒や。百鬼夜行のせいではあらへん。朝餉に毒を盛られたに違わへん。

春といってもまだ寒い、おほねと小豆はたくさんあったが、しぶきはない。

おほねを食べ、小豆の煮汁をたくさん飲んで吐く。飲んで、吐いて、下すを何度か繰り返し、高熱にうなされ夢を見ている。そこには魔王がいる。悪夢だ。

「紅葉、観念セイ。此方《コッチ》ニ来イ」

図太い声で魔王が呼ぶ。呉葉と呼ばれた子供のころから、何度となく紅葉の命を奪おうとしている魔王にほかならない。

悪夢の中には魔王ではないものもいる。ぼんやりと白い着物が見え、いつの間にか消える。頭が痛い。眠り、目覚めることの果てしない繰り返しが続く。長い時間との戦いでもあった。起きているのか眠っているのか、夢なのか現実なのかさえもわからない。白い水干を着た小さな男が、歌っている声がかすかに聞こえてくる。

山ニ吹ク風信心強ク　流レル水ニ身体強シ
姿清爽ニシテ能高ク　昼夜只管《ヒタスラ》祈ル可シ
人ヲ絶チテ眠ヲ絶チ　飲ヲ絶チテ食ヲ絶ツ
天ニ通ゼバ従者現ル　魔王ノ痣食シテ絶ツ

――この歌は、清水の寺で聞いたことがある。はあはあ、昼夜只管《ひたすら》祈るべし、痣食して絶つとは、そうだ痣を取る歌だ。はあ、苦しい。祈ればいいいんだ。南無観世音菩薩　南無観世音菩薩　はあはあ、魔訶般若波羅蜜多心経　観自在菩薩　行深般若……。

息も絶え絶えに苦しさと戦いながら経を口にした。いつの間にか眠り、また目覚めたら読経を繰り返す。

やえは飛助を捜した。いつも屋敷のあちこちに隠れて紅葉の様子を窺《うかが》っているが、今日は見あたらない。

「飛助はんに急いで知らせなければ」

屋敷を出ていこうとしたやえを、秋子が呼び止めた。

「どこに行きはるんや。掃除をせなあかんやろ。紅葉がやらんのなら、その分までしいひんとお仕置きどすえ」

「ちょっとそこまで、忙しい用事が……」

言い終わらないうちに、やえの丸顔に平手打ちが飛んだ。

「痛い、かんにんしておくれやす。今やりますからに」

一日中仕事を言いつけられたやえには、紅葉の看病をする暇はなかった。

次の日の夕暮れが迫るころ、左の額から頬まで斬り傷がある隻眼《せきがん》となった飛助は、異変に気がついた。きのうから紅葉の姿が見えない。やえが厠《かわや》に入ったのを見て囁《ささや》くと、

「あ、飛助はん、大変や。きのうの朝、紅葉様が急に倒れたんや」

「なんだって、毒でねか」

「そうかもしれへんのや。薬を飲ませたんやけど苦しんでるんや。しぶきを煎じるんやって言われたけど、あてにはわからしまへん」

最後まで言い終わらないうちに飛助は消えていた。


「だんな様てえへんだ。お嬢様が毒で倒れて昨日から寝込んでるがな」

「何じゃとう。て、てえへんだあ。そ、そうじゃ魔王様にお願えするんじゃ。もう暗くなっちまったが、縹《はなだ》もいっしょに神社へ行くんじゃあ。ええなあ」

「んだあ、紅葉にそったらこったあ、てえへんだあ。命に代えてお願いするでなっし」

「約束の二十年にゃあまだ早えが、わしらの命を差し出して、紅葉の命を助けてもらうんだあ」

「そんな約束はしらねえが、紅葉のためならいつ死んでもええ。早ええとこ魔王様を拝みにいかなくっちゃあなんめえに」

「そうしてくんろ。紅葉のためならわしらの命なんぞ惜しかあねえ。わしは紅葉には謝らなくちゃなんねえことがあるんだ。許してくんろ。わしが嘘をついていたんじゃ。おめえをだまして奴婢に売ったのじゃ。おかげでたくさん銭をもらって、京の都まで出てくることができたんだ。そうでなければ一家そろって野垂れ死んでいたろうて。だからこんどは、わしらの命と引き換えに、おめえを助けるかんな」

　魔王神社は羅城門の外にある。自分たちの命と引き換えに娘を助けてもらう。そのためには何が何でも羅城門を通り抜けて、神社に行かなければならない。二人はそれが決まりだと信じている。いつのまにか魔王を信奉している。

　飛助がついて行こうとすると、笹吉の怒りが飛んだ。

「飛助もヨタも、きちゃなんね」

「ふが、だけんど、暗えから灯りを持っていくだ」

「だめだっつってるんだ。けえれ」

　笹吉は、灯りを奪い杖で飛助を殴りつけた。隻眼の上に、たんこぶが膨《ふく》らんでいく。

「おめえがいっしょだと魔王様が来てくんねえ。でえち（だいいち）、おめえまでが死んだら誰が紅葉さ守るんだなや」

　怒声が一転して、穏やかな声に変わる。

「とびすけ、おめえは火事の家からもみじを助け出してくれた。ありがとうよ。あんときのように、もみじをたのんだぞ。ええか、もみじより先に死んじゃあ、なんねえぞ」

「だ、だんなさまあ」

飛助の声が震えていた。彼はしぶき（ドクダミ）を探し、やえに届けなくてはならない。笹吉と縹の命よりも、紅葉の命のほうが大事である。

繋がれたヨタ犬が、夜空に向けた遠吠えとともに、いつまでも二人を見送っていた。

闇に輪郭を刻む巨大な重層の門は、荒くれた者どもが屯《たむろ》する恐怖の巣窟である。彼らは人を斬りたくて、うずうずしている。

賊に襲われて稼いだ銭金を残らず奪われ、斬られて足が曲がってしまった笹吉は、先祖の無念を晴らすことはできなくなった。腰が曲がった縹は、歩くにも難儀する体となっている。二人とも早く死にたい。だが、やらねばならない仕事が残っている。娘の命を助けることと、鬼面の痣を取り除いてもらうことを、自分たちの命と引き換えにする。そのためには、どうしても魔王に会わなければならず、何が何でも羅城門を通り抜け、神社にたどり着かなければならない。

二人がよたよたと歩いて羅城門の近くまで来ると、いきなり地に響く声がした。

「待テイッ」

驚きに体中の筋肉が一気に硬直し、髪が逆立ち手足は伸びきり、突っ立ったまま身動きが取れないばかりか声も出せない。

「闇ノ中ヲ、何シニ行ク」

人の声だった。相手が人間だとわかると、ようやく止まっていた息を吐くことができた。

「む、むむ、娘の病気を治してもらおうと、き、祈願に、その向こうの神社まで行くところなんだけんど、おお、お助けを」

「此ノ様ナ遅クニ此処《ココ》ヲ通レバ、ドウ成ルカ分カルデアロウ」

「は、はは、はい。おた、お助けを」

ようやく話ができるところまで落ち着いた二人であったが、体は固まったまま首が動かず、後ろを振り向くこともできない。

「此ノ先ハ羅城門。悪者共ガ待チ構ヘテ居ル。此ノ儘《ママ》行ケバ、身グルミ剥ガサレ命取ラレル事必定。故ニ此処デ着テイル物ヲ脱イデ行ケ。然《サ》スレバ取ル物ガ無イ。無ケレバ通シテクレル」

「わしらはどうなっても神社に行かねばならんのだ」

「そうですぞ、ここは着物を脱いででも通してもらうんだなし」

「そうしよう、着物を脱いで通してもらおう」

固まった体をほぐしながら、二人は襦袢《じゅばん》姿になった。

「ウム行ッテ良シ。羅城門デ悪者共ニ其ノ着物ヲ差シ出シ、陰陽師安倍晴明ノ名ヲ出セ」

「陰陽師アベノセイメイ様ですか、わ、わかりましてございます」

わずかな篝火《かがりび》に、赤く巨大な門が浮かび上がっている。荒くれた男どもが屯《たむろ》している横を、襦袢姿の翁と嫗が通り過ぎようとすると、

「待てい、どこぞへ行く」

「へ、へえ、娘の病気祈願に、そこの神社まで行くんで」

「こんな遅くにただで通れると思っているか。そっ首置いていけ」

荒くれた男どもが刀を抜いた。

「うわ、ま、まってくだせえ。今ここに来るまでに、陰陽師安倍晴明様に教わったのでございます。荷物は全部差し出しますので、なにとぞお通しくだせえ」

「なに陰陽師だと」

「安倍晴明とな」

彼らは刀を下ろした。翁と嫗が灯りと杖を手に、脱いだ着物を置いて、よたよたと

門を抜けようとすると、男の一人が怒鳴った。

「待てい」

「ひぇっ」

「糯袢も脱いでいけ」

「へ、へえ。言うことを聞くんだ縹。何としても神社に行くんだ」

「そうだなっし、言うことを聞くでなし」

ふんどしと赤い腰巻姿になった二人は、男どもの笑い声を聞きながら門を通り抜けた。

弱弱しい松明の灯りに映し出される鬱蒼《うっそう》とした鎮守の森を、笹吉と縹は見上げた。人気のない魔王神社境内《けいだい》には、壮大な社殿が立ち並ぶ。這いながら階段を上がり、広い拝殿に入ると燈台《とうだい》に油を注ぎ、消えかかった火を移して奥の本殿に向かい手を合わせた。

「魔王様、天界の魔王様よ如何に。会津より参りました笹吉、縹です。娘紅葉、毒を盛られ、その命が絶たれんとしております。なにとぞお助けください」

「魔王様お助けください。南無天界魔王様、南無天界魔王様」

魔王を呼び出すしわがれた祈りの声が響く。春といえども、風は冷たく社《やしろ》に吹きさらす。二人は寒さで震えながら何度も何度も呼び続けたが、魔王は現れようとはしない。

どれほど祈ったであろうか、二人の命の火が消えるのが先か、魔王が現れるのが先かわからない。寒さで震えが止まらない笹吉は意識が朦朧《もうろう》としてきた。腰巻だけの縹は声も出ず、ときおり痙攣《けいれん》を起こすだけで身動きもしなくなった。すでに油が尽きた燈台の火も、揺れて消えようとしている。

突然、闇を照らす閃光が走ると同時に、天を砕《くだ》かんかとする雷鳴が社《やしろ》を揺すった。驚いた二人が目を開けると、図太く低い声が神殿からゆっくりと聞こえてくる。

「天ニ物申ス不届キナ輩、何処ニ在ラン哉」

忘れもしない、聞いただけで震え上がった魔王の声だ。恐ろしいはずの声が、何とありがたいものに聞こえることか。

「ま、まおうさま。娘紅葉が毒を盛られて死にそうです。お助けくだせえ」

「仇討タセル約、未ダ果タサズ」

「許してくだせえ。仇はわしらの恩人の経基様でした。仇討ちはもうできねえ」

「約成サヌ不届キナ輩許サズ、子ノ命天ニ連レ行カン哉、如何ニ」

笹吉は息を切りながら、しかし語気を強めて言った。

「魔王様との、二十年の、約束、忘れては、おりませぬ。ですが、命の貰い受け、娘ではありませぬ」

「魔王ヲ誑《タブラ》カスヤ、捨テ置ク事成ラズ。八ツ裂キニシテクレヨウズ、如何ニ」

心底怒っている恐ろしい声だ。だが怯《ひる》むわけにはいかない。

「村での、約束のおり、わしらの、命に代えても、と、申しました、ことは、間違いなきこと。魔王様に、差し出すのは、子の命では、なく、わしらの、命で、ございまする」

「ムム、ウウウ」

魔王が苦しそうに呻く。魔王は一度口にしたこと、聞いたことは忘れることがない。

「娘の命と、娘の、体から、鬼面の、痣を、取るとの、約束を、果たして、くだせえ」

「黙レ不届キナ輩、斯様ナ約ナド無キ事。戯《タワケ》事申スハ許シ難シ、踏ミ潰シテクレヨウズ」

「ま、魔王様、おらの、命と、引きけえに、もみじの体を、きれえな、体にして、くんなっし」

縹がとぎれとぎれに、命の尽きかけた声を出した。魔王は人の命を奪うことが仕事。死にかかった命も、壮健な命も変わりはない。

「紅葉は、まだ十八。約束の、二十年に、二年、早きこととは、約束を、違《たが》えることに、ごぜえます。娘の、命助けて、もらうことと、痣を取ることを、わしら、二人の、命と引き換えに、してくだせえ。おねげえ、しやす。おねげえ……しやす」

「ムム、ウウウ」

「お、ねげえ、しま……す」

苦しそうに呻《うめ》いていた魔王の声が聞こえなくなった。

継ぎ足した油もすでになく、社殿を照らす燈台の炎は、最期のあがきのように揺らめきながら息を止めた。残像が消えゆくとわずかに残る赤い芯から、一筋の白い煙が立ちのぼり風に消え、闇が無辺の覆いを被せた。その奥から魔王の声がする。

「天ニ物申ス不届キナ輩ニ申ス。仇討ノ約終ス。娘ノ命地ニ戻シ、鬼面ノ痣除ス事許ス。而《シコウ》シテ不届キナ輩ト其ノ妻ノ命、約ヨリ二年早キヲ以テ、今宵是ニ代エン哉」

「ほ、本当で、ございますか」

「魔王約セシ事、違《タガ》ウ事無シ」

「おお、ありがてえ、ありがてえ。……魔王様、ありがてえで、ごぜえます」

真の闇の中で、声もなく動きもない縹の体を、笹吉が揺すった。

「は、縹、魔王様が、紅葉を、助けてくれたぞ。お、鬼の痣も、消して、もらった、ぞ」

「ありがたや、ま、おうさま、ありがた……や」

縹の最期の声を聞き、すべてをやり遂げた男の満足した顔があった。その顔は震えることも忘れ、目を見開いたまま暗闇のなかで、凍っていった。


黎明《れいめい》が鎮守の森を目覚めさせ、早起き鳥が時を告げる。

片隅に小さな魔王神社の祠があり、その前の雑草の上で裸の翁と嫗がうつ伏せている。二人は乱れた白髪に微笑みを浮かべ、手を握り合い、再び目覚めることのない眠りについていた。

一匹の壮健な薄茶色の犬が、遺骸に群がろうとする野犬たちと壮絶な戦いを繰り広げていた。傷つきながらも野犬を追い払った薄茶色の犬は、小さな声で鳴きながら二人の顔を交互に舐め回し、ときおり遠くを眺めて隻眼の男を待っている。

七

鬼面の痣と白い大蛇《おろち》が、お互い大きな口を開け、相手を食べようとして戦っている。

長い戦いの末、白い大蛇が鬼面の痣を呑みこみ、向きを変えて去っていく。

　三日三晩高熱にうなされていた紅葉から悪夢が消えた。ようやく熱が下がり目が覚めると、体がだるいのも忘れていそいそと厠に入り、腹を覗き込む。

――な、な、ない。痣がない。

　夢は本当だった。

「やえ様のおかげで命を助けてもらいました。何とお礼を言ったらよいかわかりません」

「神様のご加護に違いあらへん。これから、食べ物はあてが確かめてからでなければ、食べてはあきまへんでえ」

「へえ」

　あのような症状はドクゼリのものだと、紅葉にはわかっていた。子供の時にさきと共に誤飲して生死の境をさまよった経験がある。それなのに今また同じことを繰り返してしまった。局の息のかかった者が混ぜたに違いない。

　やえは命が助かったことを喜んでいる。紅葉には命よりも、うれしいことがある。

――これでお館様のところへ行ける。寵愛を受けることができる。

翌日父笹吉と母纈が死んだと、飛助から知らせがあった。紅葉は局に嫌味を言われたが、返事もせず、さっさと館を出た。御台所には何度も呼ばれ、経基にも二度呼ばれている紅葉は、すでに局に気を使わなくてもよい立場になっている。経基の側女《そばめ》になれば、その立場は完全に逆転する。女の出世争いに勝利する。

家に帰るとさきが泣いていた。

「もみじざま、だんなざまとおくざまがしんじまっだあ」

笹吉と纈はならんで褥《しとね》に寝かされていた。髪は整えられ顔は満足そうに微笑んでいる。

「父上はよく話してくれた。――わしが仇を取れなかったら、お前がわしに代わって仇を討つのじゃ。お前にできなければ、子にやらせるのじゃ。と、その父上が死んでしまったからには、代わって私が先祖の仇を討たねばなるまい。父はその仇が誰だかは教えてくれなかった。仇は謎のまま。これからは自分で探さなくてはならない。それが私に課せられた運命《さだめ》であろう。父上母上は私の無事を魔王様にお願いしてくれたのじゃ。おかげで私の命は助かり、きれいな体になれた。見てくだされ、鬼の痣が消えました。魔王の呪いが消えたのです。飛助もさきも見ておくれ」

二人の遺骸に向かって、紅葉は着物をめくり腰巻を脱いだ。飛助とさきは子供のころ紅葉が川で溺《おぼ》れた時に裸を見ている。二人は驚いたようにお腹から股間までのぞいた。そこに痣はなかった。


「ただ今戻りました」

館に戻った紅葉が、良子に短く挨拶すると、

「おや食べ物に当たったなんてうそをつきはって、ふだんからの罰が当たったんと違うんやろか」

「へえ」

嫌味を言われたが、紅葉の返事は短く、歯牙にもかけず通り過ぎる。

——ふん、良子など恐くもなんでもない。

舌打ちをする局との仲は最悪だった。

痣がなくなってみると紅葉は急に晴々した気分になっている。心のどこかにあった閉塞感がない。言葉の一つ一つに力が籠ってくる。自信があふれてくる。いざとなれば鳥を呼ぶという武器がある。加えて護身術も身につけているのだ。

「御台様ご心配をおかけ致しました」

「おお紅葉、体の具合はどないや。無理をしてはいかへんでえ。お館様も大層心配し

てくだはったのや。また体を壊さないように養生せんとな」

「はい、御台様」

大層心配してくれたのは、御台所自身にほかならない。

「おまえはほんに可愛いのう。こちらにおいでや、もそっと近う」

御台所は体の大きな紅葉を引き寄せ、まるで我が子のように手を取ってくれた。紅葉の手は冷たい水仕事で固く節が立ち、無数のひびが肌に顔をのぞかせ、節々のあかぎれが肉を見せている。御台所はその手をあたたかい手でしっかり握ると、

「おお、痛そうやのう。早ようようなってお館様に奉公せにゃあかんで、そなたもよいお子を産んで、お家のお役に立つんやで」

「はい」

御台所が声を落として囁《ささや》く。

「おまえも美しいがゆえに苦労したやろが辛抱どすえ。お館様に気に入ってもらえれば、良子も意地悪でけへんようになるやろうて。良子は中納言様の娘なのや。けど娘とゆうても三番目の奥方様の連れ子や。中納言様は嫌っておられるそうや。だから家に入れず、ここで侍女にしてもらっているのや。ほかに行くところがあらへんのや。おほほほ」

「さようでござりましたか」

廊の隅で秋子が聞き耳を立てていることに、二人は気がつかなかった。

再び経基に呼ばれた紅葉は唇に鮮やかな朱を塗り、髪を清楚にして部屋に入った。

「おお紅葉、そなたは美しいのう」

「はい、なにとぞ、ご存分にしてくだされまし」

「おお、そうか、そうか」

紅葉は寵愛《ちょうあい》を受けた。

「おおそうじゃ、元の鎮守府将軍秀郷《ひでさと》様の宴があるのじゃ。御台に代わって顔を出すのじゃぞ。わしの新しい妻としてのう。秀郷様と儂はの、平将門《たいらのまさかど》の謀反を平定するおり、ともに戦った仲なのじゃ。その席にの、晴明殿も招かれておる。そなたを占っていただけるよい機会であるぞ」

平将門とは、天慶二年（九三九年）乱を起こし新皇を名乗ったが、翌年討ち取られた武将である。

「御台様の代わりなどと、もったいのうございます。私などでは務まりませぬ」

「よいのじゃ。御台は体が弱く、外に出るのは控えるそうじゃ。そなたのことはすべて存じて居るのじゃ」

「ほかの方様もおられます」

「今回は特別に、そなたに決めたのじゃ。気にすることはないぞ」

紅葉が側女《そばめ》から経基の女房となったことが腰元に知れ渡った。自分には目もくれなかった経基の寵愛を紅葉に奪われた局良子は、悔しさがふつふつと湧きあがっている。


春が終わろうとするころ、紅葉は会津の方と呼ばれ、近くにある別の小さな家に住まわせてもらうことになった。女房といっても身分の低い紅葉は、ほかの女房よりも低く扱われる。さらに局から苛められているのは周知のこと。局から離れさせるための御台所の心配りである。

「紅葉よかったのう。お館様もお喜びであらはる。早くお子ができればよいのう」

「御台様のおかげでございます。何とお礼を申し上げてよいかわかりませぬ」

御台所は手を取って喜んでくれた。

「おうおう、ひびもあかぎれも治ってきれいな手になっておます。よかったのう。そうそう、こんどは秀郷様の宴に、わらわの代わりに出てきなはれ」

「もったいのうございます。私には御台様の代わりなど務まりませぬ」

「何を言うかの。おまえを連れてきたのは、わらわの代わりを務めてもらうためなのや。それがおまえの務めなのや。ええな、おまえはもう経基の妻なのじゃえ」

「へ、へえ。ほんまによろしいのでしょうか」

「ええのや。そうでなくてはわらわが困るのじゃ。そうじゃ、作法も化粧も教えておかなければならないのう。わらわと言うてみい。笑ってみいや」

「はい、わ、わらわは、あはは、いえおほほほ」

豪快に笑い飛ばしていた紅葉には、貴族の笑いは窮屈だ。

「眉は全部抜いてまあるく書かんとあかんのう。目は垂れ目にするのじゃ。唇は下だけ真ん中に小さく紅を塗るのじゃ」

「御台様はなぜ、紅葉にこれほどよくしていただけるのでしょうか」

「おほほほ、そうやねえ。お館様にはわらわともう一人妻女がおるのう。わらわには子が一人、向こうは大勢産んだのじゃ。それで妻女はいばるのじゃ。若くて丈夫とくれば、お館様がこちらに疎遠になるのも無理はない。そこでお館様を取り戻すために、おまえを呼んだのや。ところが、おまえはとてつもない才女でおました。すっかりお館様を取り戻してくれたのや。わらわは体がいうことを聞かんのや。後は紅葉、おまえにまかせますよって、お館様をたのみましたぞ」

「温かいお言葉をいただきまして、もったいのうございます」

紅葉は狭いながらも自分の家が持てたことがうれしくて仕方がない。腰元やえのほかに飛助とさきが使用人になった。着物や入用の品もたくさん揃えなければならない。御台所から見事な袿を始めいろいろなものを、あの大切な箏《こと》や、初めて手にする立派な懐剣までもいただいた。

「わ、わらわは、やえ様のおかげで立派なお屋敷に住めるようになりました」

「お方様、やえと呼んでおくれやす。これからは私が身の回りのお世話をさせていただきますよって、なんなりと言いつけおくれやす」

「わかりましたぞえ。やえ様。よろしゅうに。おほほほ」

「様はいらんのどす」

会津の貧乏田刀の娘、奴婢にまで落とされた紅葉が、貴族の妻になれたとは信じられぬこと。見事な袿を羽織り、厚く化粧をして経基の来訪を待つ喜びを噛みしめ、優雅にして絢爛《けんらん》な都の生活を堪能し、悦に浸る期間は、だが、長く続くわけではなかった。

藤原秀郷《ふじわらのひでさと》、御年八十歳の高齢を祝う宴に、紅葉は経基の女房として出向いた。宴の始まる前に、数人の女房たちと顔を合わせると、

「おや、経基様の奥方になられた会津とやら。山奥から出てきていばっていると聞く。なるほど不遜のお顔は、まるで踏み潰された狸のようであらっしゃりますするなあ」

「まっこと恐い顔をしておるのう。まるで怒った狐のようであらっしゃりますするなあ」

「堀に落ちたそうじゃのう。大声で泣いたそうじゃのう。おおいやじゃのう。おほほほ」

囲まれてさんざん嫌味を言われ、笑われた。逃げるようにその場を離れると、今度は老人たちに囲まれた。

「おお、そちは経基殿の奥方、いや女房、いやいや召人《めしうど》であったかな。律儀者をたぶらかすとは、さすがは陸奥《むつ》のもののけと評判でごじゃるのう。おほほほ」

「ほかの者を押しのけて召人になるとは、おぞましいもののけでおじゃるのう」

「大きななり（体）をして、まるで鬼子のようでごじゃるのう」

館の腰元と戦い、精神は鍛えられたはずであったが、お嬢様育ちの身には冷笑が辛く悲しく耐えられない。足早に逃げ出し、廊の片隅に隠れて涙を拭いていると、後ろから清々しい声がした。

「おお涙も美しきものなるぞのう。どこぞの女房殿かな」

顔も姿も見るからに立派な公家であった。

「はい。お見苦しいところを申しわけございませぬ。経基様に仕えております」

「ほう、そなたが経基の新しい女房か。たしか紅葉と聞く。麗《うるわ》しい顔をしておるのう。経基がうらやましいのう」

「え、は、はい、あり、ありが……たき……」

うれし涙で震える声しか出せず、お礼も満足に言えない。

「何やら嫌味でも言われたものか。相手は誰ぞあるか。まろに話してみいや」

「は、はい、いえ、あ、相手は……、昨夜の夢見でございます。大勢の鬼が現れ、恐くて涙がこぼれましてございます」

「左様か。ふーむ、なかなかに素直で慎み深い、よき女房になれそうじゃのう。世の中は捨てる神あれば拾う神ありと申す。どのようなときでも、経基を信じていれば間違いはないのう。おほほほ」

「はい。心得ましてございます」

上品な物言いに心が洗われた思いであった。宴のあいだ、紅葉には箏も和歌も声がかかることはなかった。やはり田舎の我流では、そして身分の違いは如何ともし難い。

多くの冷たい視線とうわさ話に晒され、そこに良子の陰謀の匂いを嗅いだ。

宴が終わると、紅葉は経基に公家の話をした。

「左様か。よき人に話をしてもらえたのう。中宮権大夫《ちゅうぐうごんのだいぶ》藤原兼通《かねみち》様じゃ」

「ちゅうぐうごんのだいぶ。兼通様でございますか」

「そうじゃ。紅葉のことを耳に入れておいたのじゃ。いずれ公卿《くぎょう》にも、あるいは関白にもなられるお方じゃ」

「そのような方に声をかけていただけたこと、なんとありがたいことでしょう」

苛《いじ》められるだけではなかった。それどころか立派な公家と出会えたことは、大変な喜びである。経基は陰陽師安倍晴明の待つ部屋に入った。

「晴明殿、御台が探してくれた新しい妻でござる」

「紅葉でございます」

安倍晴明《あべのせいめい》、御年四十歳。後に陰陽師としての名声を極めるが、この年の頃はまだ出世したとはいえない大器晩成であった。

「晴明じゃ。なかなかに聡明な奥方と見ゆる。うむ、そなたは霊験あらたかのようであるのう。どれ、占ってみよう。そなたは何を崇拝しているのかの」

「はい、観世音菩薩様を、小さいときから母といっしょに拝んでおりました」

「左様か。そなたは観世音菩薩から生まれたのかの。ひぃひひひひ」

「あははは、いえ、おほほほ。きっとそうに違いありませぬなあ。あははは」

「おお、まろの占いでは、そなたには本当に、観世音菩薩の強い庇護《ひご》があるようじゃ。困ったときは菩薩に縋《すが》るがよいであろうのう。神を、仏を信じ、経基様を始め周りの人々を信じて生きていけば、必ずやよいことを招くぞよ。ひぃーひひ」

晴明は反っ歯の小男である。唇を閉じても歯が飛び出している。その歯と歯肉をむき出し、肩を震わせて口の脇から空気が漏れるような、声のしない笑い方をする。

「晴明様ありがとう存じまする。どうぞ御一献」

「おおいただこう、今宵はよい酒が飲めた」

「紅葉よ、よい占いでよかったのう。儂も安心できるぞよ」

「ではそなたには護符を授けよう。大事に持てば、一生お守りのご利益がある。またどこへ出かけたとしても菩薩のご加護があるように入魂しておこう。ひぃーひひひ」

「それはよいものじゃ。晴明殿の護符は必ずご利益がある。普通の人にはなかなか手に入らないほど貴重なものじゃ。大事にいたせ」

「はい、ありがとうございまする」

紅葉は、奥ゆかしい態度の晴明に安堵し尊敬した。その下卑た笑いを除いて……。

## 八
「ヒェーン、ヒェーン」

館の外で化け猫のような、不気味な鳴き声がする。聞いている御台所は脅えた。

「お恐ろしや。あれはなんやろか。このところ毎日夜になると、あの呪わしい声がするのや。もののけではあらしまへんやろか」

心の臓が高鳴り苦しくなっているところに、局がけしかける。

「恐ろしや、御台様あれはヌエであらしゃりまひょ」

「ヌエとはなんぞや、もののけかえ」

「牛くらい大きな、鳥のバケモノやそうどす。夜な夜な人を食べるそうどす」

「なんと、ああ恐ろしや、恐ろしや」

御台所は掛物に頭から包まり、震えている。

「御台様、会津の方様があのヌエを操っているに違いあらしまへん。恐ろしや」

「そのようなことはないやろ。紅葉はそないな女房ではあらしまへん。良子、紅葉はどないしはったのや。ここのところ幾日か顔を見ておらんのや。紅葉を呼んでたもれ」

「会津の方様はいくら呼んでもこの館に出てきまへんのどす」

晴明と会ってから三月ほどたち、季節はすでに秋になるころのこと。紅葉とやえは御台所に毎日挨拶を欠かさなかったが、五日ほども顔を合わせることができないでいる。

「お局様おはようございます。御台様のところへお伺いします」

「会津どの、御台様は今日は御気分がすぐれぬゆえ、誰にも会いとうはないとのことどすえ。お帰りなはれ」

「昨日も一昨日《おととい》も会うこと叶わず、今日は是非ともお会いしまする」

力ずくでも上り込もうとした紅葉とやえは、数人の腰元に屋敷の外へ押し出された。

「何をするのじゃ、わらわはお館様の妻ぞ。そこを退きなされ」

「ここは会津の方様のお屋敷ではござりませぬぞ。騒ぎになられてもお通りできませぬ」

秋子が行く手を阻んだ。小太りの彼女は力がある。さらに何度でも入ろうとすると、館侍に力ずくで追い返された。

「ここのところ、幾日も御台様にお会いできない。具合が悪いそうじゃが、いかがしたものかの」

「御台様は、お方様と同じ薬を飲まされたのではあらしまへんか」

「そのような恐ろしいことはあるまい。でも用心のためじゃ。あの時と同じ薬を届けましょう。やえ、頼みますぞ」

「へえ、ほな行ってきやす」

やえが薬を届けたが、館侍に渡しただけで追い返された。

「御台様は、毎晩ヌエの鳴き声が恐くて震えているそうどす」

「ヌエとは妖怪のことなのか」

「なんでも、牛と同じくらい大きな鳥のようどす。夜になると呪うような鳴き声を出し、人を襲って食べてしまうそうどす」

「おお、恐いのう。それでは鳥のバケモノではないか。やえお祈りしようぞ」

「はい」

「南無観世音菩薩　南無観世音菩薩　魔訶般若波羅蜜多心経　観自在菩薩　……」

次の日も紅葉とやえは屋敷に押し掛けた。

「今朝は何としても御台様のところへ行くのじゃ。邪魔をするでないぞ」

「どうしても御台様にお会いするんどす。そこをどきなはれ」

「そうはいかへんのや。おかえりなはれ」

「会津の方様とやえは、屋敷にあがってはならぬことになっておりますぞ」

　腰元と押し問答になった。秋子が紅葉を押し返そうと手首を掴んだ。紅葉にとって、二年間にわたり護身術を密かに練習してきた成果を試す絶好の機会《チャンス》がきた。体を開いて秋子の手首を返し、彼女の力を利用して腰に載せ腕を引けば放り投げられる。はずであったが、秋子の体重をかけた突進の方が早く、紅葉は押しつぶされてしまった。やはり護身術は簡単ではない。

　二人は館侍に捕まり、外に連れ出された。堀川小路まで連れてきた館侍たちは、あろうことか二人を持ち上げ、川に投げ込もうとしている。

「何をする、やめぬか。わらわはお館様の妻ぞ。ただではすまされぬぞ」

　聞く耳持たぬ侍たちは二人を堀川に向かって放り投げた。大きな音とともに水飛沫が上がり、二人は初秋の冷たく汚い川に沈んでいく。と、すぐさま飛助が飛び込んでくる。

「わらわは大丈夫じゃ、やえを助けるのじゃ」

紅葉は自力で岸に上がったが、飛助に助けられたやえは牛も下痢を起こしそうな汚水をたくさん飲んでおり、寝込んでしまった。

良子の薬を毎日飲んでいる御台所だが、体は一向によくならない。

「紅葉はどうしてはるのや。紅葉を呼んでたもれ」

「会津の方様は、毎日ヌエを呼んで怪しい祈祷をしております。灌巌《かんげん》殿が教えてくれましたさかい」

下座に端座した巨漢が口を開く。灌巌は数年前から館に出入りしている自称比叡山の僧であり、良子に取り入っている。

「御台様、ヌエを操っているのは会津の方様の呪詛でございます。この呪詛調伏《じゅそちょうぶく》によって、御台様をお苦しめになっております」

「紅葉が、そないなことを、しやはるわけはあらしまへん。良子、そのような、ことを、信じては、あきまへん」

日を経ずして経基が戻った。美しかった御台所の顔は目のまわりが落ち込み、黒いくまが幾重にもでき、頬もくぼんでいる。

「御台、体の具合はどうだ。しっかりいたせ」

「との……」

衰弱がひどく、はっきりと口を利くことができない。

「御台、儂は、経基はここにおるぞ。しっかりいたせ」

「もみじ、も、みじを……」

「紅葉がどうしたのじゃ。紅葉のことは心配いらぬぞ、悪いようにはせぬ」

「たのみます……」

「わかったぞ、御台、御台、しっかりいたせ」

呼びかけもむなしく、御台所は経基に抱かれたまま息を引き取った。

「どうしてじゃ。十日ほど前はあんなに元気だったのに、どうして急に死んでしまったのじゃ」

良子が言う。

「十日ほど前から、お体をお壊しになられました。そのころから、会津の方様がこの屋敷へ姿を見せなくなっておいでます。調べてみると、方様のお屋敷で妖しい祈祷をしています。灌厳《かんげん》に聞いてもろたところ、方様の祈祷は御台様への呪詛調伏とわかりました。恐れながら、方様をお調べしやはっていただきますようお願い致します」

「呪詛をしていたなどと、そのようなことはなきぞ。御台は紅葉を随分と可愛がっておったものである。儂に若い腰元を、と言って紅葉を預けてくれたのじゃ。紅葉は御台に感謝するも、憎む理由などはない」

「恐れながら申し上げます。方様には、鬼の呪いがかかっているそうです」

「なに、鬼の呪いがあったとか。まことか」

呪詛調伏しかも鬼の呪いと言われれば、恐ろしさはこの上もないもの。ほかの腰元も聞いている折、黙っているわけにはいかない。困惑の表情を浮かべながら決断する。

「相わかった。紅葉と腰元やえを連れて参れ。呪詛調伏が事実ならば、この六孫王が自ら裁かねばなるまい」

六孫王経基が自ら裁くとは、検非違使《けびいし》に調べさせることはせずに私制裁を行うこと。罪人を思うように裁くことができる。死罪にすることもできる。

予呼があった。予呼とは、鳥を自由に操る者が戦いに備え、数多くの鳥を予《あらかじ》め近くに呼び集めておくことをいう。鳥にだけ聞こえる高音の指笛である。館の屋根には、明るい陽射しに不似合いの黒い悪魔たちが、鴉《からす》という縫いぐるみを着て集まってくる。

館へ呼ばれた紅葉とやえに縛はなく、中庭の敷物の上に座らされた。その場で御台所の死を聞かされると、驚きはしても悲しむ暇も、涙を拭く暇もないうちに、経基の裁きが始まった。

「紅葉、其の方に、妖術を使い御台所を呪い殺した疑いが出ておる。間違いはないか」

あまりの問い詰めに、紅葉はすぐには返事ができない。

――罠だ。

良子の罠に間違いない。が、証拠はない。首を振り、泣きながら訴える。

「呪うなどと、そのようなことはございませぬ。私には妖術は使えません。お経を上げて御台様のご平癒《へいゆ》を、お祈りしていたものでございます。幾日か前から腰元たちに玄関払いをされ、御台様にお会いしようとしても、近寄ることもできませんでした」

「左様か。しかしながら其の方は、御台から数々の恩を受けたるを忘れ、正室の座にとって代わろうとしたと申し出がある。まことか」

「天地神明に誓っても、そのようなことはありませぬ。奉公に上がってから今日まで、ずっとお目をかけていただきました。お館様と御台様から受けた御恩は、どんなに感謝してもしきれぬほど、ありがたいものでございます。とって代わることなど考えたこともございませぬ」

「そのとおりじゃ。儂にはわかっておる。わかっておるがの、調べた者がいるのじゃ。其の方、どうじゃ」

「はは、拙僧は比叡山の修行僧、灌厳《かんげん》と申します。会津の方様のお屋敷から、ヌエが飛んでいくのを見ております。方様の祈祷はヌエを操るものにて、鬼の呪いでございまする」

紅葉は灌厳をよく知っている。この三年間館に出入りして、良子に取り入っている悪僧だ。

「呪いなどではありませぬ。恐れ多くも御台様のご平癒を願い、観世音菩薩様にお祈りしていたものでございます。灌厳の方こそ局に取り入り、館で好き放題のことをしている悪僧でございます」

「そのようなことは鬼だからこそ言えること。しかも観世音菩薩とは真っ赤な嘘でござりましょう。方様はときどき魔王神社まで出かけておりますぞ。この春には腰元やえと二人で羅城門の外にある魔王神社に出かけたことも、一緒に行った家人が証言しております。また方様のふた親は、その魔王神社で命を落とすまで祈っていたそうです。そのような方が観世音菩薩を祈るなどということは、ありえないことでござります。方様、間違いはござらんですの」

「……」

――しまった。罠にはまってしまった。

灌厳の詰問に、紅葉は答えられない。

「魔王は悪魔です。御台様を呪い殺すことができまする。方様の腹には鬼面の痣があり、鬼女でございます。鬼女紅葉様が御台様のお命を奪ったこと、間違いございません」

「灌厳、鬼女などと嘘を申すでない。鬼面の痣など紅葉の体にはなきぞ」

経基は即座に一蹴した。灌厳も一歩も引かない。

「憚《はばか》りながら申し上げます。今、腹をみても痣はありますまい。痣を隠すことなど、鬼女ならばたやすきこと。昨年、中庭にて偶然に方様のお召し物が、皆の前ではだけましてございます。そのとき、方様の腹に鬼面の痣を見た者が数人おりますので、その証人に呼びます」

「待て。証人ならば儂が選ぶ。その場に居《お》った者を集めよ」

集められた者数人の中から、経基が選んだのは館侍二人と腰元一人だった。

「紅葉の体を見た時のことを正直に申せ。嘘偽りがあった場合は其の方たちも罰することとする」

三人のうち一人でも鬼面の痣を見た者がいたならば、紅葉は成敗される。最初の館侍は、紅葉とやえを堀川に放り込んだ憎い男だった。

「は、会津の方様の腹には、痣はございませんでした」

二人目は紅葉の腰巻を掴み、廊から落ちて一番間近に見たあの館侍だった。

「は、ご無礼ながら、ほんの一瞬の間肌は見ましたが、痣は見ていません」

驚きがうれし涙を押し流す。二人の館侍が紅葉に味方をしてくれている。残る腰元は春子だった。春子は箏を教えてあげた仲である。

――よかった。これで助かる。成敗されないですむ。

青い顔をしている春子に、紅葉は安堵の眼差しを向けた。

「腰元春子、本当のことを申せ」

「へ、へえ、確かに、おおきな鬼の痣があらはりました」

屋敷に氷の矢が走り、紅葉の胸を貫いた。

――そ、そんなばかな……。

震える体に、灌厳の勝ち誇った声が聞こえてくる。

「鬼面の痣とは悪魔です。奥方様の体には、悪魔の呪いがかかっておりまする。鬼女であること間違いありませぬ」

眉間にしわを寄せた経基が春子に確認する。

「其方、間違いないか」

「へ、へえ、間違いあらしまへん」

経基は瞑想をはじめた。沈黙の陽射しが、館に降り注ぐ。

「……」

長い時間が過ぎ、日輪が肩幅一つ分影をずらすと、ようやく経基の目が開き、小さな声で苦渋の決断が発せられた。

「うーむ、紅葉、悪魔の呪いでは仕方がない。たとえ我が妻であろうとも、成敗しなければならぬ。よいな」

成敗とは命を取られること。経基を見上げた紅葉は、ゆっくりと頷《うなず》いた。生涯最も慕っていた御台所が身罷《みまか》り、悲嘆にくれる間もなく、あろうことか命を奪った罪を着せられ、成敗されようとしている。父母の祈った魔王神社を出され、しかも忘れていた鬼面の痣までも出されたのでは、たとえ怪しき僧の空言《そらごと》でも釈明の余地はない。裁いたのが寵愛を受けた経基では、相対する気力は残されていない。

――清楚なお公家、兼通様が言われた言葉を信じます。「経基を信じていれば間違いはない」そう、たとえ成敗されようとも。

苦しみ迷った表情で力なく立ち上がった経基は、おもむろに廊を歩き始めた。

吐息の混じる沈黙の館に、突然にやえの大きな声が響き渡る。

「お待ちおくれやす、お館様」

「だまれっ」

すかさず館侍が棒でやえの頭を殴ると、頭蓋が割れるほどの音がして悲鳴があがった。経基の足は止まらない。

――言わなくてはならへん。なんでも言わなきゃあかん。

やえの気力が既《すんで》の所《ところ》で気絶を防ぐと、激痛で膨れ上がる頭のたんこぶを両手で擦《こす》りながら、目を瞑《つむ》ったまま叫んだ。

「会津の方様には、お館様のお子が宿されたんや」

今度は屋敷に雷《いかずち》が走った。腰元から警護の館侍に至るまで、すべての者が振り向き、やえを見た。経基の足が止まる。

「まことか」

「恐れながら申し上げます。まことのことにおます」

やえのはっきりした口調に紅葉も驚いている。その兆候はなく話したこともない。

やえの機転、一か八かの大芝居だった。やえを一瞥した経基は、やおら向きを変え、元の座に戻り紅葉を見つめ直すと、先ほどとは一転して、流れるような口調で裁きを下す。

「子を宿しているのがまことならば、成敗するは神の道に反するものであろう。では流罪とする。なお腰元やえも同罪とする」

「えあっ」

やえは素っ頓狂な声で叫んだ。館の一同に驚嘆の裁断が下った。六孫王経基が降した裁断が再び覆ることはない。良子は灌厳とともに唇を噛んだ。

平安の時代、女の罪人には流罪は行われず、棒叩きが普通のこと。流罪となった場合は死罪よりも過酷であった。女ならではの残酷な運命が待っており、あげく大半が命を落とすという。だが経基の私制裁は慈愛に満ちたものであった。

「六孫王経基妻女紅葉ならびに腰元やえ、二人の行き先は信濃国日向村《ひなたむら》とし、同村田《た》堵《と》（田刀に同じ）平蔵《へいぞう》に世話をさせる。武士に護送を命ずるので、明日にも出立せよ。武士には二人を丁重に扱い、無事に送り届けるよう申しつけるので安心せい」

「恐れながら、やえは何もしておりませぬゆえ、お許しください」

「ならぬ。紅葉、辛いじゃろうが、詮なきことゆえ許せ。平蔵は面倒見のよい者じゃから心配はいらぬぞ。儂が都に呼び戻すまでしばらくの辛抱じゃ。必ず呼び戻すからのう。それまで体を大事にして、よい子を産むのじゃ」

「お館様と御台様から受けましたる御恩、紅葉生涯忘れませぬ。お館様におかれましては、いつまでもご壮健であらせられますよう、お祈り申し上げます」

紅葉の返事に大きく頷いた経基は、筆と短冊を取った。

「そなたには歌を遣わそう。詞書《ことばがき》はそうじゃのう……」

遠きところに思う人をおき侍《はべ》りて
　雲井なる人を遥かに思うにはわが心さへそらにこそなれ　　源経基

紅葉は歌を復唱した。

「くもいなるひとをはるかにおもうにはわがこころさへそらにこそなれ」

「そなたの歌が聞きたいのう」

「は、はい」

紅葉は声を震わせ、涙に濡れながら歌を返した。

果つるとも君を思ひて紅葉舞う遥けき国の雲の切れ間に　　紅葉

経基も紅葉もお互い顔を見つめ合うだけで、何も言わなかった。二人には歌以上の言葉は必要《いら》なかった。

短冊に記した歌を交換すると、経基は二度も三度も紅葉を振り返りながら廊に消えた。

なぜやえも同罪なのか訝《いぶか》しく思えるが、紅葉には心強い限りである。これも経基の気遣いに違いない。やえは流罪を喜んだ。紅葉といっしょならばどこにでも行けるし、紅葉のいない館に残りたくはない。生涯尽くすと誓った。離れるわけにはいかない。

裁きが終わると、紅葉とやえは御台所との最期の別れを許された。几帳と御簾《みす》の隙間から、わずかに垣間見たその顔は黒く濁り、以前の面影もない。

「苦しかったでしょう、辛かったでしょう御台様。私がそばにいれば、私の薬を飲んでもらえれば、こんなことにはならなかったでしょうに。ああお悲しや」

紅葉を支えてくれた大きな樹が、斃され葬《ほうむ》られた。

――良子の怨みにやられたのに違いない。お労《いたわ》しや御台様。紅葉は遠くへ行くことになりました。仇をとることが如何にせん、できないこと、お詫び申し上げます。

三年前、御台所に初めて目通りして以来のことが、目の前に浮かび上がる。やさしく手を握ってくれた。箏を教えてくれた。秋子に苛められるたびに庇《かば》ってくれた。身を守る技を教えてくれた。会津の田舎者を貴族の妻にまでしてくれた。

醜い都の豪奢《ごうしゃ》な華やぎは、怨念と陰謀の渦巻く、惨烈《さんれつ》の宴というに相応しい。良子を始めとする宴の列席者たちが鋭い目線で紅葉を射す。止《と》め処《ど》なく流れおちる涙を拭うことも忘れ、疲れ果てた紅葉が小さく蹲《うずくま》っている。

静寂の中を灌厳と良子が話しながら歩いていく。一瞬にして怒りがこみ上げた紅葉は鋭く瞼を見開き、すぐさま指笛を吹いた。

館の屋根を埋め尽くしていた鴉という縫いぐるみを着た悪魔たちは、凄まじい羽音を爆発させ、一斉に飛び立って良子と灌厳に襲いかかり、二人を糞尿で溢れる地獄行きの川に叩きこんだ。

市女笠を被り荷物を背負った紅葉とやえは、三人の武士に守られ、遠い国を目指して足を踏み出した。会津からの旅立ちの時には、不安のなかにも希望があった。今朝は見送る人とていない、打ちひしがれた旅立ちだった。

「父上様母上様、私は遠い信濃国に行くことになりました。都に未練はありませぬ。なにとぞ、お見守りください」

紅葉が都に未練がない、わけがない。その足取りは重く、そして辛い。寂寥《せきりょう》とした秋風に吹かれ、山の紅葉より一足先に、人間紅葉が落ちていく。

九

天徳四年（九六〇年）秋、十八歳の紅葉は、御台所への呪詛の汚名を着せられ、腰元やえとともに都を追われた。市女笠とわずかな荷物を背にして、護送の武士三人に守られ東山道を下り、信濃国日向村を目指している。武士は無口だが丁重だ。女二人はすっかり安心して旅を続けている。少し離れた後方には荷車を牽いた飛助とさきが追従し、その周りを警戒しながら飛び回る壮健なヨタの雄姿があった。

飛騨を過ぎ信濃国に入ったところで日は沈んだが、近くに家は見えない。

「仕方がありませぬ。今日はここで野宿といたしまする」

長い道中、夜の闇に男は本性を抑えきれない。いかな欲望とはいえ、経基公の子を宿している奥方には手が出せず、ふくよかな体をしたやえが狙われた。

「やめておくれやす」

はげしく抗《あらが》うと男の平手が、やえの顔に乾いた音をたてた。鈍重《どんじゅう》な月明りの下で、両手を口にした紅葉が指笛を吹くと、軋《きし》んだ羽音が聞こえてくる。梟《ふくろう》が男に襲いかかり、顔に爪が食い込むと、彼は地面を転がり叫び声を上げた。

次の朝、武士の一人が顔に布を巻いている。一目で昨夜《ゆうべ》やえを襲った男だとわかる。

「やえ薬袋を出すのじゃ」

「手当をしてやるのどすかあ」

「けが人を見ては放ってはおけまい。わらわの薬はよく効くのじゃ」

やえは不満だったが、渋々背中の袋を降ろした。傷は跡が残るほど深い。

それから二日後、一行が東山道を外れ、奥信濃に向かうなだらかな峠道に入ると、頂上近くで夕暮れを迎えた。この峠を下れば、あと半日で日向村に着く場所だが、近くに家もなく野宿をするしかない。飛助とさきは、しばらく前から遅れている。

暗くなると異様な呻き声が聞こえてくる。

「ブッルウ、ウ、ウ、ルッ、ルウッ、ラ、ラ、ラ……」

「狼だ。襲ってくるぞ」

狼の群れが五人もの人間を襲うことは、ありえない話ではないが何かがおかしい。狼は大きな口から長い舌を横に出し、泡の混じったよだれを大量にまき、荒い息遣いで呻いている。その呻り声も尋常ではない。

紅葉にはわかっていた。

――この狼は狂っている。木の芽峠の盗賊と同じだ。この狼を操っているのは魔王に違いない。狼に魔王が取り憑いているのだ。魔王の狙いはこの私じゃ。

武士たちが抜刀し、女二人をたき火の脇に囲んで守る。紅葉は御台からもらった懐剣を抜き片手に松明をかざした。

「御台様、お守りください」

指笛は吹いたが、すでに夜の帳《とばり》が下り、梟《ふくろう》も蝙蝠《こうもり》も来なかった。わずかなたき火と、女が持つ二つの松明《たいまつ》を反射しているいくつもの目玉が揺れ動く。

狼が人間に襲いかかった。三人の武士は数頭の狼に刃を浴びせたが、皆足を咬まれた。一人の武士は背中から咬みつかれ倒されている。

激しい戦いのさ中、突然狼は跳ね飛んで動きを止め、闇の中の一点を注視した。そこにはわずかに松明の灯りを反射する目玉がある。夜空に透かして見えたその体、それは狼にとっても、人間にとってもさらに強い敵、熊であった。狼は人間に背を向け熊に向かい、熾烈《しれつ》な戦いを始めた。やがて、両者は戦いを続けながら藪に消えていった。

紅葉とやえは無事だったが、三人の武士は体中に咬み傷があり、体を震わせ呻いている。

「やえ薬袋を出しなさい」

「へえへえ」

たき火の灯りで、前日梟につつかれた武士の傷口を水洗いすると、

「いたー、痛い、あー」

「大きな声で泣いて、何という弱虫のお侍はんどすか。助平だけが取り柄であらしまへんか」

「うう、す、すまん」

やえと武士は、同じような丸顔をしているが、立場が逆さまになってしまった。

「お侍はんのことは何と呼んだらええんや」

「むむ、あまり教えたくはないが、数馬と申す」

夜が明けると数馬が言う。

「奥方様、ここの峠を下れば鬼無里です。その先日向村に行き、この書状を田堵の平蔵に見せてくだされ。我らは咬まれた傷が重い。あの狼たちに狂った病気がなければよいのですが。ここで引き返し国衙に戻らせていただきまする」

「女だけで峠を下れというのか。途中山賊や昨夜《ゆうべ》の狼に襲われたら何とするのじゃ」

「奥方様はお強い。大丈夫でございます。それに狼は昼間は襲ってきませぬ。早ければ半日で日向村に着きまする」

「お方様、狼よりもお侍はんの方が危ないのではあらしまへんか」

「そうであったのう。したが、命を賭《と》して守ってくれたのじゃ。厚く礼を申しますぞ」

「はは、では失礼仕ります」

「数馬はん、ええきみやわ。でも狼から守ってくれて、おおきに」

一人の武士はもう一人に肩を貸し、数馬も長い棒を杖に、のそりと歩き出した。

「お方様、さきはんたち、遅れているようやけど大丈夫でっしゃろか」

「さきには飛助がついているから大丈夫じゃ」

大洞峠《おおどうとうげ》という。頂から見ると、西の方角には雪をいただいた高い山々が連なる。その遥か向こうに都がある。そこに御台所が眠っている。

「御台様、紅葉をお見守り下さい」

しばらく祈りの経をあげた後、鬼無里に向けて峠を下っていくと、

「どうも道を間違うたようじゃ。この道は獣《けもの》道ではないか」

「へえ、峠道まで戻らな、あきまへんなあ」

戻りかけると、いつの間にか数頭の猿に囲まれていた。猿は歯をむき出して唸っている。縄張りに入ってきた人間を、追い出そうとしている。

「やえ、襲ってくるぞ。杖で叩くのじゃ」

「へえ」

一匹がやえの背中に飛びついてきた。紅葉は猿に杖を叩きつけた、と思ったが逃げられ、やえの背中を打ってしまった。やえが杖を取られ、紅葉も体当たりをされ杖を落としてしまうと、大きな猿が飛びかかってきた。刹那、懐剣を抜き夢中で振ると、たしかな手ごたえを感じ、猿が悲鳴とも叫びともつかない声を発してころげ落ちた。

猿たちは一斉に動きを止め、怒りを露わにして距離をとり、人間と対峙した。数匹の猿が、斬られて震えている猿を引きずり始めると、威嚇していた猿たちも離れていった。

「お方様大丈夫でおますか」

「ああ、大丈夫。やえはケガはないか」

「ケガはあらしまへんけど、薬の入った荷袋がないんや。落とした拍子に盗られたんや」

「荷袋などどうでもよい。無事でよかった」

荷物はいくら探しても見つからず、猿に持っていかれたとしか思えない。

十

二人がようやく峠を下ると、行く手に百姓家があり一晩泊めてもらった。そこは山影村だといい、大きな川の向こう側は鬼無里だという。

翌日、道を教えてもらい、日向村を目指して山あいの道を行くと、突然二人の男が立ちはだかった。盗賊だ。

「おいおめえら、ええべべ着てるじゃねえか。全部脱いでいってもらおうか」

女二人が山の中で襲われない方がおかしい。紅葉は落ち着いている。盗賊が父笹吉の仲間のように見える。百姓がにわか盗賊に変身したに違いない。

「わらわは都から来たのじゃ。日向村田堵平蔵のところまで行くのじゃ。あないせい」

「都さ追っぱらわれた姫様か。こりゃめっけもんだ」

「まんずべべを汚さねえようにはぐべ。それっからじっくりと可愛がってやるかんの」

すぐさま、やえに男が飛びつく。同時にもう一人の男が紅葉に抱きつくと、彼女は咄嗟に男の手首を両手で掴み、一気に体を反転させて返した。手首を決められた男は彼女の背に乗り、一回転して高い位置から前方に叩きつけられた。

「いてえー」

一瞬のできごとに、やえも、やえに襲いかかった男も、投げられた男も何が起こったのかわからない。当の紅葉でさえ、驚いている。体が覚え込んだ護身術がみごとに発揮された。続いて手首を決めたまま背中を膝で押さえ込んだ。

――初めて男を投げた。まさか、これほどうまく決まるとは。

ようやく状況が呑みこめたもう一人の男が、やえを離して紅葉に向かおうすると、

「動くでない、この男の腕をへし折るぞ」

「うわー、まてっ、まってくれ。いててて、おい動くんじゃねえ。言うことを聞け」

「……」

男は信じられない顔をして動きを止めた。

「下がるのじゃ。わらわは大勢の盗賊に襲われたこともあるし、狼に襲われたことも

ある。お前たちのような百姓のにわか盗賊など、ひねり殺してやるぞ」

「ひぇー、かんべんしてくだせえ」

「わらわは元信濃国司、源経基の妻じゃ。日向村田堵平蔵に天子さまからの書状がある。届けないと郡司より咎を受けるぞ。平蔵はわらわを都と同じように敬《うやま》えと命ぜられておるのじゃ。ここの村の者は、わらわを丁重に扱わなければ、都よりも咎を受けるぞ」

「……」

「咎は一族に及ぶぞ」

「ひえー、かんべんしてくだせえ」

男は一歩下がって土下座した。紅葉は押さえ込んでいる男を放してやった。この男も並んで土下座した。

「平蔵のところまであないせい」

「へ、へえ。悪いことをして、すまねえでごぜえました。許してくだせえ」

「うむ、知らなかったことゆえ、許す」

やえは驚き、そしてあきれた。旅の女が人気のない山の中で、荒々しい二人の盗賊を放り投げ、土下座させてしまった。神仏の力も借りずに懐剣も抜かず、鳥も呼ばず。

男たちについて歩き、橋を渡ると、別の男たちに出会った。彼らは仲が悪そうだ。なにやら言い争っていたが、話がついたらしい。

「奥方様、こいつらが日向村の百姓だで、ついてってくだせえ」

「あいやわかった。ごくろうであった」

日向村の男について橋を渡り、村で一番大きな屋敷に入ろうとした時、脇の小道からしわがれた声がした。

「なんね。この女を入れちゃなんね。庵邪羅誉陀羅《あんじゃらほんだら》、摩訶曼荼羅華《まかまんだらげ》」

小さい老婆が佇《たたず》み、杖と数珠を持って紅葉に向かい、何やら唱えている。

「お前は死ななくてはならぬ。采蔵、この女を殺せ」

「うわあああおお」

声は小さかったが、身の丈七尺もあろうかという、大きな男がのっそりと現れた。その顔の恐ろしさに、紅葉とやえは悲鳴を上げて抱きつき合った。

頭から顔はすべて、やけど跡のただれたしわが覆っている。片方の目は窪んだ穴になっており開いている片目は白く濁っている。両耳はつぶれ、鼻は小さな穴が二つあいているだけの怪物だ。

「さいぞう、采蔵と申すか」

会津の村で、紅葉を奴婢に落とそうとした采蔵だった。火事で死んだとばかり思っていたが、こんなところで生きていた。火傷で不具になったというよりも、ただでさえ恐ろしかった男が、さらに恐ろしい怪物に変わったという方が相応《ふさわ》しい。

「うるせえ、あっちさ行ってろ」

村の男が棒で尻を叩くと、怪物は唸り声をやめて、おとなしくなった。村人は采蔵の御し方を知っている。ろくに目も見えず、耳も聞こえず話すこともできなければ、人の言うことを聞くしか生きていく術《すべ》はないのであろう。

「おばば、采蔵を連れてけえれ」

老婆はおばばと呼ばれている。二人とも村の百姓の言うことは素直に聞く。そのつど食べ物を貰って帰るようだ。おばばは采蔵の首に跨《また》がり、目になり耳になりして操っている。二人はこのようにして、越後から奥信濃まで旅をしてきたのであろう。どうやら采蔵は紅葉のことを覚えていないようだ。呉葉と聞けばわかるかもしれないが。

「わしが平蔵《へいぞう》だが」

「そなたが平蔵殿かえ。京から参った紅葉と申す。わらわは元信濃の国司、源経基の妻であるぞよ。経基からの書状がある。あれ、荷物がない」

探したが見当たらない。気がつかなかったが、どうやら猿に盗られたらしい。

「方様、荷物は猿に盗られたんや。それよかそんな偉そうな言い方をして大丈夫ですか。あまり威張らない方がいいのじゃあらへんか。あやまってくだはれ」

「なにを言うか。わらわは元国司経基の妻であるぞ。そうじゃ平蔵殿、経基からの書状は猿に襲われたときに、盗られてしまって今はない。だが経基の妻に間違いはない」

平蔵の庭に気まずい空気が流れた。村人が言う。

「猿に盗られただと、もうちっとましな嘘を言え」

「猿が人を襲うなんてことはねえ。山賊に襲われたっていうんならわかるが」

「山賊にも襲われたんや。けど二人を投げ飛ばして土下座させたんや」

やえの言葉に、一呼吸おいて村人は笑い出した。

「わははは、こりゃあ、たぶらかしよりたちが悪《わり》いぞ。やっちめえ」

「そうじゃそうじゃ」

「まて、まて皆の衆。相手は女子だ、手え出すんじゃねえ」

平蔵は騒ぎ出した村人を背に、紅葉たち二人を牢に閉じ込めた。

「なんじゃと、わらわを牢などに入れて、国司の妻を何と心得るか」

「そのなり（服装）見りゃあ奥方様だってことがわかりますだ。けんど、若え衆が襲わねえともかぎらねえ。牢の中の方がでえじねえ（大事ない）。お願げえでごぜえます。しばらくおとなしくしてくだせえ」

聞けば、平蔵は国司経基に直接会って世話になったそうだ。その奥方と言われれば邪険にするわけにはいかないという。紅葉たち二人はこの男に頼るしかなかった。

三日目の昼、二人は牢の窓から粗末な葬式の行列を見た。死人はまだ動いている。

「平蔵殿、あの葬儀は誰なのかの」

「ありゃあ、村のまだ若え者だがなあ」

「それは気の毒じゃ。まだ生きているではないか。どうしたというのじゃ」

「それが、はやり病でな。早えとこ捨てっちまわねえとほかの者《もん》にうつって、村が滅びてしもうがな」

「生きているうちに捨てるとはひどいではないか」

「村が生き延びるためには仕方ねえこってすだ」

「わらわが、祈祷をして進ぜよう」

「え、奥方様は祈祷ができるんでごぜえますか。それはありがてえ、なんせおばばの祈祷じゃあ病人も喜ばねえもんで、是非にもお願えいたします。病が治るとは思えねえが、あの者たちを、いや村を救ってくだせえ」

「あいやわかった。病人を治して進ぜる。いまの者も連れ戻すのじゃ」

離れに集められた病人の前で、村人が言う。

「おめえ様が病人を治してくれたら、国司様の奥方様だと認めてやらあ」

「左様か、ならば五日でよい。五日のうちに治して進ぜよう。治らなかったら、煮るなり焼くなり、好きにするがよい」

おお、と驚きの声が上がった。だが疑う者が大半だった。

「五日だと、それどころか病気が治るわけがねえ。やっぱり狐のたぶらかしに違えねえ」

「方様、そないな約束してはあきまへん。すぐあやまってくだはれ。殺されますよって」

「やえ、よく聞くのじゃ。われらはこの村で暮らさなくてはならないのじゃ。死ぬことを恐れていては、安心して暮らすことはできないぞ」

平蔵も心配そうに言う。

「奥方様、無理なことは約束しねえでええがな。いままで祈祷で助かった病人はいねえで」

「よいのじゃ。ただし、わらわの頼むことはそのつど聞いて下され。まず我ら二人、長旅の清めをしておらぬ。風呂を沸かして下さらぬか。それから小豆《あずき》をなるべくたくさん用意して下され。それと、もしあったら白衣と緋袴を用意して下され」

「へえ、そんなことはたやすいことでございます」


「皆の者、病気が治る祈祷を行うぞえ」

「祈祷じゃとう……」

すでに生きることをあきらめている病人たちは、胡乱《うろん》な眼差しを向けた。祈祷は地獄に行ってから役に立つ。それがなければ地獄で虐《いじ》められる。

「じゃが祈祷を行うには、その前にわらわが申すことを聞かなければならぬぞよ。これから用意するものを先に飲むのじゃ。飲まないと祈祷がだめになるぞ」

女衆《おんなし》に小豆の煮汁を作らせ、病人に飲ませた後、薬草を探しに日向村と山影村の間を流れる大川の河原にでかけた。紅葉は薬草を熟知している。

「この川の周りには、よい薬草がたくさんあるぞ。しぶき（ドクダミ）は毒消し、おなもみ、ヨモギ、ききょうは頭が痛いとき、紫の花とか赤くてきれいな花は毒。おお、升麻もある。おっとあぶない。これはドクゼリじゃ。絶対に採ってはならぬぞ」

やえは驚いた。

――お方様はお薬の神様であられる。

薬草を煎《せん》じた二人は祈祷の準備をした。紅葉は平蔵の妻女が用意してくれた古い白衣と緋袴《ひばかま》に着替えると、白い鉢巻を巻いて神棚に向かい端座する。

「ではこれより、霊験あらたかな祈祷を始める。その前にこの薬を飲むのじゃ。薬を飲まないとありがたい祈祷も利かないのじゃ。ええかの」

病人たちは相変わらず胡乱《うろん》な目で、小豆の煮汁と、煎じ薬を飲んだ。

「南無観世音菩薩　悪病を払い給え　病魔を退散させ給え　魔訶般若波羅蜜多心経　観自在菩薩　行深般若波羅蜜多時　照見五蘊皆空　度一切苦厄　舎利子……」

待ちに待った祈祷は病人の心を虜《とりこ》にする。紅葉の形相が変わっていく。目は吊り上がり、口は横に大きく広がり、歯が軋《きし》む恐ろしい顔になった。それを見た村人が叫ぶ。

「角だ、角があるぞ。鬼だ。女の鬼だぞ。こいつは鬼女だったんだ」

「昼間は鳥を呼んで、毒草を採っていたぞ」

「ここへ来る途中で、山影村の男を二人も放り投げちまったのは本当だったぞ。妖術を使っているに違えねえ。やっぱり鬼女だぞう」

「その男の腕を折ったそうだぞ。そんなことが普通の女衆《おんなし》にできるわけがねえ」

「まてまて、本当の鬼女かどうか、もうちっと様子を見ろや。ええな」

大勢の中でだれかが角があると言えば、恐い物見たさの集団心理で皆に角が見えてしまう。平蔵は必死になって村の衆を抑えた。

それから四日の間、やえと交代で祈祷を続けると五日目の朝、いつしか眠りについてしまった紅葉に平蔵の妻女が叫んでくる。

「おくがたさま、奥方様。びっくらしたでえ。熱が下がっただよ。みんな起き出しただ。病気がなおっちまった。奥方様のおかげだがね」

「お、奥方様。おかげさまで、この村は救われましたで。奥方様は神様じゃあ」

「左様か、それはよかった。ただし薬を忘れずにのむのじゃぞ」

あれほど憤《いきどお》っていた村人が集まり、土下座している。

「奥方様は神様だ。ありがてえ、ありがてえ」

紅葉は村に来て七日で神になった。

十一

疫病が去り日向村に平穏が戻ったころ、ヨタの吠え声とともに、飛助が荷車を引いて到着した。さきはいない。

「飛助、遅かったではないか。さきはどうしたのじゃ」

「ふがー」

「ええい、うっとうしいのう。その、ふがーはやめるのじゃ」

「へ、へい。そ、そのう、さきは死んだんで」

片膝をつき、見上げて報告する飛助の顔に、紅葉は平手打ちを飛ばした。

「な……、な、何を言うか、嘘じゃ、戯《たわむ》れを言うと許さんぞ」

無表情の隻眼が虚ろな視線を向け、懐から取り出したのはさきの遺髪だった。

「山で、毒のある蛇に咬まれましたで」

「ほ、本当か、本当なのか」

「へえ、ずでえ（ずいぶん）痛がって、一日中泣いてました。次の日も一日中泣いて、三日目に清水寺に着ていった袿を着せてやったらずでえ喜んで、紅葉様の名前を繰り返し呼んでいたんで。その晩はぐっすり眠ったんだけが、次の朝、冷たくなっていたんでごぜえやす」

信じられない報告にしばらく間を置いて、紅葉は大声で泣き出した。

「けえせ、さきをけえせ。こら飛助め許さん。さきを連れてこい。さきをけえせ」

言いながら飛助の頭と顔を何度も叩き続ける。と、

「お方様やめてくだはれ」

興奮した紅葉にやえが抱きついた。

——もみじざまー、もみじざまー。

さきの声が聞こえる。会津の村で悪ガキどもに弄ばれた彼女は、まるでそれが自分の役目だと思っているかのように、旅の途中三人の警護の侍に弄ばれ、都では賊が押し入ったとき、自ら体を投げ出し皆の命乞いをしたという。思えば笹丸の娘という紅葉が負うべき不幸を、すべて背負い込んでくれていたのだ。

「さきは、この篠笛さずっと握ってたです」

「こ、これは子供のとき、村の悪ガキたちに虐められて泣いているさきに、おらが作ってあげた笛ではないか。いままで、大事に持っていてくれたのか」

——フィヒー、フィフィ、フィヒー、フィフィ。

さきはいつも嬉しそうに笛を吹いていた。そう、音は聞こえなくても振動で感じていたのかもしれない。

飛助の車に積まれていた箏を取り出した紅葉は、おもむろに弾きはじめた。

「箏よ鳴け、檎《きん》と鳴け。箏よ泣け、檎と泣け。さきに聞こえる、きっと聞こえる」

——檎《きん》、檎檎、檎。

村人が初めて耳にする箏の物悲しい響きは、信濃の空を西の稜線から東の稜線まで埋め尽くした星空に、かけ上るさきへの葬送曲になった。星の隙間からさきの声が聞こえる。

——もみじざまー、もみじざまー。


「奥方様、平蔵様が呼んでるでぇ。急いで来てくだせえ」

「いったいどうしたというのじゃ」

紅葉が駆けつけると、橋のたもとで日向村と隣の山影村の十五、六人ほどの男たちが小突き合っていた。二つの村は昔から仲が悪いという。紅葉の声で小競り合いは収まった。

「どうして二つの村は仲が悪いんじゃ」

山影村の田堵、成蔵《せいぞう》が言う。

「どうしてかのう、昔から喧嘩ばかりしているんじゃ。平蔵の阿呆《あほう》が悪いんじゃ」

「何だと成蔵、この糞野郎が」

言いながら平蔵は拳を振り上げた。田堵同士が取っ組み合いを始めた。紅葉の止める声も聞かずに、ほかの男同士も殴り合いを始めて、再び大騒動になった。

指笛を吹いた紅葉が叫んだ。

「黒い悪魔よ、出でよ。黒い悪魔たちよ、村人を屠《ほふ》れ」

鴉《からす》が群れになって飛来し、争っている村人に襲いかかると、村人は驚いて散開した。

「鳥よ静まれ。皆の者、静かにするのじゃ。わらわは鬼じゃ。鬼女じゃ。言うことを聞かないと黒い鳥の呪詛を行うぞ」

「うわっ、鬼だ。鬼女だぞう。角だ。角があるぞう」

「鬼様。鬼女様、鳥の呪詛はしねえでくだせえ。お願えしますだ」

「お願えしますだ」

皆が声を合わせて土下座した。村人にとって呪詛ほど恐ろしいものはない。

山影村と日向村の田堵が並んで、十八歳の小娘に頭を下げている。

「二つの村は仲が悪くいざこざが絶えないと聞く。わらわが思うに、京の都と同じにしたらどうじゃ」

「はあ、そりゃどうするんで」

「都はの、天子様が住まわれる内裏を上にして東と西に分かれ、東京《ひがしきょう》、西京《にしきょう》と呼ばれておる。この地も都にならって、同じ名前をつけ、二つの村が一つになるのじゃ」

「そんじゃあ大川の上の方を内裏、大川を挟んで東の日向村を東京《ひがしきょう》、西の山影村を西京《にしきょう》って呼ぶんでごぜえますか」

「左様じゃ。その内裏の場所にわらわを住まわせてくれんじゃろうか。東京と西京が仲良くなって、お互いに争わないように見ているからの」

「そりゃあええ、喧嘩ばっかりしてちゃあなんねえこったあ、わかっちゃいたんじゃ」

「昔の争いから、ずっと喧嘩が絶えねえ。奥方様の言いつけならば若けえ衆《し》も逆らえねえだ。よかったのう成蔵どん。こんで喧嘩しねえで済まあ」

「まったくだ平蔵どん、もう古《ふり》い喧嘩は忘れるべや。でえち痛くてしょうがねえ」

「おおそれはよかった。末永く仲良くするのじゃぞ。ただし、再び争いが始まったら、そのときは二つの村を共に呪詛で滅ぼしてしまうからのう。忘れるでないぞ」

「ひえー、約束します。絶対に喧嘩はしねえし、若えもんにもさせねえでごぜえます」

「奥方様に住んでもらう家も建てますだ」

紅葉が来てすぐに長年の悩みが解決してしまった。

春、年が明けて雪が解けたころ紅葉たちの住む家が建った。貧しい村が力を合わせて建ててくれた大きな掘立小屋であった。村人は小屋を内裏屋敷《だいりやしき》と呼んだ。

夏、やえのはったりは本物だった。内裏屋敷に集まった村の女衆《おんなし》に見守られて、紅葉が子を産んだ。

「男の子や、元気で強そうや」

紅葉には心配がある。赤ん坊の腹を、体を何度も調べた。

「ない」

「痣もないし、お方様によく似た、ええややこでおますこと」

「名は経丸とつけようかの。はやくこの子をお館様にお返ししたいものじゃ。お館様に会いたい。はやく都に帰りたいのう。お館様は、いつ呼び返してくれるのかのう」

秋、奥信濃に幾日も降り続いた長雨が、いっとき止んだ。まだまだ雨雲が厚く暗い。

「お嬢様、川向こうがおかしいで。小川に水が流れてねえ」

「なに本当か。それは大ごとじゃ。あの時と同じではないか」

あの時とは会津郡の村の家が流された時のこと。村ごと流された呉葉たち一家が助かったのは、早めに逃げたからに他ならない。川向こうは低地、内裏屋敷は川を挟んで高台にある。まだ首の据わっていない経丸を抱いて、紅葉は必死の大声を出した。

「飛助、向かいの村の者に、山の神がお怒りじゃと、皆急いで内裏屋敷に来るように伝えよ。年寄りや動けない者はおぶってくるのじゃ。おばばを忘れるでないぞ」

飛助は返事をする前に駆け出していた。

「やえは山影村に走れ。一番近くの家の者に、川の神様がお怒りじゃ。すぐ高台に逃げよと伝えよ。急いでほかの家にも伝えよとも言うのじゃ。急ぐのじゃ」

鬼気迫る紅葉の大声に、やえは蓑もかぶらず尻をはしょいで縛りつけ、下りの坂道を何度も転げ落ちながら、百姓家にたどり着いた。

「お方様から言伝じゃ。川の神様がお怒りじゃ。すぐに高いところに逃げるのじゃ。ほかの家にも伝えるのじゃ。お方様が急げと言っているのじゃあ」

ドングリ目玉の泥人形が叫んでいる。皆驚き、若い者が飛び出していった。

雨が急に強くなった。飛助がおばばを背負って丸木橋を渡ったあと、采蔵が四つ這いになって渡りきり、対岸の村人は全員内裏屋敷に集まった。すぐあとに、大きな音がして山が崩れ、吹き出した土石流が日向村の三軒の家を次々に押し流していく。土石流と合わさった大水は、曲がっていた川を真っ直ぐに流れ、山影村に襲いかかった。そこには人も家畜もいなかった。

一夜明けると、雨は上がり薄日が射し始めている。山の神と川の神の怒りの爪痕は凄まじく、東京《ひがしきょう》の一部落のほか西京《にしきょう》の一部落も流された。だが平蔵は腹をふくらませた牛のように落ち着いている。

「これだけ家も畑も流されっちまったが、死人どころか怪我人もいねえ」

「すぐに家を建てられるぞ。みんな奥方様のおかげじゃ。ありがてえ、ありがてえのう」

「おーい」

「あれ、ありゃ鬼無里の村長《むらおさ》でねえか。大勢でやってくるぞ」

「平蔵、鬼女様が村を救ったと聞いて、若え衆を連れてきたがな。使ってやってくれ。あとで女衆が小昼飯《こじはん》をもってくるがな」

大水で流されたと言うのに、三つの村には活気が溢《あふ》れていた。

# 第三章　女鬼お万

## 一

紅葉が日向村に流罪となってから九年の歳月が流れた。紅葉一家は日向、山影、鬼無里の村に溶け込み、何不自由なく、平穏な日々を過ごしていた。

この年、安和二年（九六九年）、戸隠の一帯には昨年から多くの村人を襲い、恐ろしくて退治することもできない大熊が出没していた。

春、荒倉山中腹にその大熊はいた。大熊は落ち着きがなく、体を右に左に動かしながら、口からは泡を吐き、その赤く濁った眼で相手を睨《にら》んでいる。藪《やぶ》を挟んで対峙している相手は、お万《まん》という名の女だ。身の丈は八尺（二百四十センチメートル）を超え、目方は百貫（四百キログラム）を超える。盛り上がった肩、大鉈《おおなた》を持つ太い腕、太い足は筋骨隆々と言うに相応しく、膂力七十人力の女という想像からはみ出すほどの体躯をしている。

お万の狙いは熊の毛皮。自分の胴着と腰巻を作るつもりだ。そのためには、熊の体をなるべく傷つけないように、退治しなければならない。

お万は小さく屈《かが》み、大熊を誘い込んでいる。立ち上がると大熊よりも遥かに大きいその体に恐れをなして、大熊に逃げられるかもしれない。しびれをきらした大熊が、唸り声とともに藪を揺らし躍りかかった。刹那《せつな》、立ち上がったお万が大鉈を振り下ろすと、熊の頭は血飛沫《ちしぶき》を上げた。それでも斃れず殴りかかってくる。熊の爪がお万の腹を深く裂いた。大鉈《おおなた》がさらに食い込み、熊の頭から首までが二つになるとようやく動きが止んだ。

大鉈は、戸隠郷の刀工が丹精込めて作ったもの。刃渡りは三尺、そりと厚みがある。柄を含めると八尺を超える長さがあり、その重さは五十斤《きん》（三十キログラム）もある。

熊の生肉を食べたお万は、剥いだ毛皮を戸隠の織物職人に預け、胴着と腰巻を作らせた。

お万の父定丸《さだまる》は、戸隠と鬼無里の間にある峠《とうげ》の洞窟に住む。その昔平将門《たいらのまさかど》配下の侍大将であった。将門が乱を起こし、戦い敗れて死ぬと、彼は残党を引き連れ密かにこの地に根を下ろした。三十余年という年月が過ぎ、その間、悪事を働いた部落は盗賊村と成り下がり、下人が増え武士は姿を消している。

二十年ほど前のこと。二人の妻が子を宿さない定丸は、八百万《やおよろず》の神に子宝を祈ったができなかった。彼は山影村で悪事を働いた帰り道、魔王神社に参拝した。

「天界の魔王にもの申す」

「天ニ物申ス不届キナ輩、何処ニ在ラン哉」

「我に子を賜らんこと願い奉らん」

「天ニ祈リシハ真デ無クバ、素首貰イ受ケン」

「子を授かるならば、この首いつにても捧げん」

「然《サ》スレバ、二十年ノ後、其ノ命貰ウ哉」

「本当か、本当に子ができるのならばそれでよいが」

「魔王約セシ事、違《タガ》ウ事無シ」

定丸は帰りすがら鬼無里から若い大柄の女を攫《さら》った。女は定丸の子を宿し、大きな女の子を産むが、お産に耐えられず死んでしまう。そこに、おばばがいた。おばばは、生まれた子は親を食った鬼子だと決めつけ、禍《わざわい》が残るから殺せと言う。拒んだ定丸は、初めての子に万と名をつけ大事に育てた。おばばは怪しい呪文を唱え、お万を殺そうとしたが、定丸の怒りを買い村を追われた。

八尺を超える巨躯に育ったお万は、少々粗暴ではあったが定丸が教えた慈悲の心を守り、人を殺しも、傷つけもしたことはない。

今、定丸は魔王との約束も、その二十年が来たことも忘れている。

「新皇となられた将門様が亡くなられたのはすでに昔の話だ。この東国で新しい国を作った新皇のご遺志を継ぐことを忘れてはならんぞ。よいか」

「おう」

囲炉裏の上座から手下を見つめる定丸の口癖だ。長い間盗賊の頭《かしら》に君臨している定丸の威光は絶大だ。逆らうことは側近とても許されない。

熊の毛皮を持って、お万が入ってきた。身の丈八尺を超える巨体に洞窟は狭い。

「お万、山の主《ぬし》を取ったか。あやつには何人も食われておる。これで下の村も安心できよう。毛皮はわしが使うとする。お前には褒美に、わしが着ていた古い胴着をやろう」

熊の毛皮は取り上げられた。従順なお万は、これまで頭に逆らったことはない。今、その目は濁り、言いようのない狂気が宿っている。

「熊の毛皮はおだ（おら）のもんだ。おだが着るんだ」

お万の低く太いだみ声が響き、ついと熊の毛皮を奪い返した。一同は驚いた。頭《かしら》に逆らった咎《とが》は成敗するしかない。たとえ頭の娘であっても。

「こらあ、何をするんか、このあま」

五尺もある樫の棒が振り下ろされると、鈍い音がしてお万の頭から顔に一筋の鮮血が流れた。お万は牛馬の目と同じくらい大きい目で、定丸を睨《ね》め付けた。

凄まじい怒気を感じた定丸は、慄然《りつぜん》として頭皮が引きつった。恐る恐る二度目の棒を振り下ろすと、太い腕ではねのけられ、大きな手刀がゆっくりと彼の首に振り下された。

呻き声も出せず骨の折れる音を響かせた定丸の体は、不自然に曲がった頭部から頽《くずお》れ、床の小物をはじき飛ばし、二、三度けいれんを起こして動きを止めた。

——然《サ》スレバ二十年ノ後、其ノ命貰ウ哉。

定丸が魔王との約束を思い出したのは、死んだ後のことであっただろう。これで将門の乱の残党は、この村にはいなくなった。

「毛皮はおだのもんだ。ええな」

血走った目で一人一人を睨め付けると、盗賊は一様に下を向き、逆らう者はいない。

お万は皆の前で裸になり、長い髪を束ね、熊皮の胴着と腰巻に着替えた。熊の爪跡は消えている。筋骨隆々の体が羽織った袖のない胴着は、分厚い胸の筋肉と化した乳房を隠しきれず、大きな尻を包む腰巻は太ももの半分に届かない。囲炉裏の上座に胡坐《あぐら》をかくと、この時からお万は百人にもならんとする盗賊の頭になった。

盗賊の一人が、紫色の花の汁を酒の壺に入れて椀に注いだ。普通の人間なら何十人死ぬかわからない量の毒酒を、一気に飲みほしたお万は横になった。うたた寝のなか、神棚から低く太い悪魔の声が耳朶《じだ》にこじ入ってくる。

「万ヨ」

「でめえは誰だ」

「我天界ノ魔王也。万ヨ、我ノ代ワリト成リテ下界ヲ支配セン。都へ上リ帝ノ妻ト成リ、朝廷ヲ手中ニ収メヨ。然スレバ魔王、下界ニ覇ヲ唱エン哉」

「うるぜえ魔王め、おらをこき使って好き勝手なことをするつもりだな。そうはいくか、魔王め出ていげ」

「万ヨ、我ニ従エ。然《シカ》ラバ魔力ヲ授ケン。魔力トハ、其ノ体疲レル事無ク、受シ傷ハ立チ所ニ治ス不死ノ魔人ト成ス。大鉈ハ万物ヲ切リ刻ム魔剣ト成ス。但シ……」

言い終わらないうちに、お万の鼾《いびき》が洞窟に響きわたっていた。

「やるべ。定丸様の仇さ討つんだ」

「んだ、んだ。やっちめえ」

鼾が聞こえてからしばらくして、三人の盗賊が刀を抜くと、

「えいっ」「えいっ」「えいっ」

頭と胸と腹を、刀が三本同時に突いた。が、皮膚にわずかに食い込んだだけで、深くは刺さらない。二度三度と突くが同じであった。お万の体はまるで樫の生木のように堅い。三人の盗賊は、お互いの顔に恐怖を見た。

お万が目を覚まして起き上がり、無造作に一人の首を掴むと、悲鳴をあげないうちに骨の折れる音がする。残る二人が逃げ出すと、毒酒を注《つ》いだ男の首を掴んだ。

「まずい酒だっだなあ」

骨の折れる音がして、男はすぐに動かなくなった。

「舐めた真似をじおっで。おだに逆らう者は許ざねえぞ」

翌日お万は逃げた二人を追って、戸隠郷に下りた。誰に聞かなくても居場所がわかる。加えて足が速い。痛みを感じない素足はどんな山でも谷でも自在に走り回ることができる。追われた二人はどこにも逃げ切れず、いくらも経たないうちに大蛇の餌食となった。

お万を頭とする盗賊一味は村々を襲い、逆らう村人はお万の犠牲になった。近隣の

人々はお万を女鬼《おんなおに》と呼んで恐れ慄《おのの》き、その悪事を逐一信濃国衙に報告した。被害は甚大なものになっている。

梅雨に濡れたあじさいが、本格的な暑さの近いことを教えている。お万が女鬼と呼ばれ、盗賊の頭になって悪事を働くようになったことは、飛助の口から紅葉の耳に入った。

「許してくだせえちゅうと、なおさら許さねえで。嘘をいってもすぐばれっちもうし、逃げても逃げきれねえっつうだ。村の衆はお万をめっけたら（見つけたら）、すぐ逃げるんだそうだで」

紅葉は村の衆にお万のことを伝え、備えの指示をした。

「よいかの平蔵殿、この村にも女鬼がいつ来るかもわからん。今から大事なものは散財しておくのじゃ。したがお万を見つけたら、村の衆はひとり残らず逃げなくてはならんぞ」

「わかりましてごぜえますだ。でえじ（大事）なものは穴に埋めて隠すようにしますだ」

「お万じゃとう」

大きな声を出したのは、おばばだ。おばばと采蔵は、村に大水が出て以来行くところがなく、内裏屋敷の離れに住み着いている。

「お万が鬼になったちゅうのは本当か。定丸はどした」

おばばの声が真剣だった。飛助が答える。

「へえ、今までの頭《かしら》は、自分の娘の、女鬼お万に殺されっちもうたらしいでやす」

「そうか、やっぱりのう」

その眼が遠くを見つめている。少しおいて、ぼそぼそと話し始めた。おばばが呪文も言わず話をするのは珍しい。

「定丸はわしの子なんじゃ。お万は孫じゃのう」

「ええっ。嘘でしょう」

「うそやろ」

「うそじゃあねえだ。もう五十年も前《めえ》のこと、わしゃ下総国相馬郡で奴婢《ぬひ》じゃった。ひでえ（酷《ひど》い）田刀《たと》に孕《はら》まされてのう。わしが子を産むと、そいつにゃあ子供がいねえもんだから、わしを売り飛ばして、定丸と名を付けて自分の子にしたんじゃ。別の村の奴婢で働かされてたわしゃあ、風の便りに定丸が定門《さだかど》と名を変えて、平将門様の郎党になり、戦いに負けたあと会津郡に逃げたらしい、と聞いてのう。どうしても一目見とうて、毎日殴られて、死んだふりして逃げ出したんじゃ。それから会津まで旅したさ。捕まりゃあ殺されるでな、命がけじゃったあ」

「会津郡だってえ、じゃあ紅葉の生まれた村にも行ったんじゃあないかえ」

「ええい、うるせえ、いちいち村のことなんか覚えてられるか。わしゃ奴婢じゃぞ」

「奴婢にしては、ずいぶん威張っていやはりまんなあ」

そうでなくても、おばばは呆《ぼ》けていると思われていたので、まともな話をするおばばに、一同驚きを隠せない。

「普通なら奴婢の年寄り女に、そんな旅ができるわけがねえ。わしゃ妖術使いのおばばのふりをしたんじゃ。わしゃ三十年も前からおばばじゃ。ひひひ。ええかげんな呪文を唱えて鬼子の話をしたんじゃ。気味悪がって誰も寄りつかねえ。しかも食べ物を差し出してくるんじゃ。子供が生まれたばっかりの家がいちばんええだ。赤子が鬼子だと言うと、みんな信じて震え上がるもんじゃ。そうするとみやげも、たんとくれるでのう。こりゃ一度やったらやめらんねえがな、ひひひ」

「やっぱり性悪おばばではないか」

「ほんまでんなあ」

「あちこち旅してから、会津に着いたら定門はいやしねえ。こんだあ（今度は）信濃にいるちゅうんで、また旅に出たんじゃ。何年か旅して、戸隠で定門に会えたんじゃ。もっとも子供のころの名前、定丸を名乗っておったがの。わしが本当のお母だっちゅうと邪険《じゃけん》にされてのう。ちょうど、そんときお万が生まれたのじゃ。その子は鬼子じゃから殺せちゅうたら、えらい剣幕で怒られての、信濃から追い出されちまった。仕方ねえからまたあっちこっち旅していると、死にかかった采蔵を見つけたんじゃ」

「おばばが助けてやったのかえ」

「ああそうじゃ」

「なんて余計なことをしてくれたんだい」

「うるせえでねえか。雪に半分埋まっていたんじゃ。村の衆に言っても誰も何もしてやらねえ。すっかたねっから（仕方ないから）飯を食わせてお寺のお堂で、元気になるまで面倒を見てやったさ。こいつは何にも話せねえから村の衆に聞いたんだが、なんでもクレハちゅう、ずでえ（ずいぶん）質《たち》の悪い女がおったちゅうこった」

「な、なんじゃとう」

「そのクレハちゅう性悪女《しょうわるおんな》は、やさしくしてやった采蔵を薬で眠らせて、煮え湯を無理やり飲ませ、頭からぶっかけたんじゃ。可哀そうに采蔵は話すことも、見ることも聞くこともできなくなっちまったし、凛々《りり》しかった顔も、やけどで化け物みてえになっちもうた」

——嘘もたいがいにせい。火傷しなくたって、最初から恐ろしい顔じゃったわい。

「そのあげく、クレハは、村に火さ、くっつけて京の都さ逃げていっちまった」

「ほうほう、そのクレハっていう女は、どんな女だったのじゃ」

「それが、やけどをする前《めえ》のこたあ、なんも思い出せねえっちゅうんじゃ。そんな采蔵は村の衆から食いもんがねえと言われ、仕方ねえから二人で旅に出たんじゃ」

「そういうのを追い出されたというのじゃ」

「そうや、あははは」

「うるせえでねえか。あちこち歩いている間に、いつの間にか信濃に戻ってきちまったんじゃが、それからずでえ（ずいぶん）長《なげ》えことたつのう。そうか、丈が八尺だとう。お万がそんなにでっかくなっちまってたんか」

すでに八年も一緒に暮らしている紅葉とおばば、そして采蔵は、お互いが気がつかないうちに深い因縁で繋がっていることになる。それにしても、人の話とは恐ろしいほど変わってしまうものである。

二

信濃国衙は上田にある。国司信濃守　源　惟正《みなもとのこれまさ》は、この春過ぎから鬼が盗賊とともに頻出し、村々が襲われ多くの人が殺されているとの報を受けていた。信濃国の押領使《おうりょうし》（地方警察の長）でもある惟正は、目をかけている荒倉村の村長《むらおさ》、常蔵《じょうぞう》に鬼退治を請われ、国侍上田義光《うえだよしみつ》および配下の者を遣わした。

荒倉村は荒倉山の麓《ふもと》にある。季節はすでに秋になっている安和二年（九六九年）七月二十四日（旧暦）、義光は三十五人の国侍を引き連れ、常蔵の家へ向かった。

丸顔に腹の出た義光が、上目遣いで手もみをする常蔵と話している。

「村を騒がせている盗賊なんぞのために、我らが大勢集まっているのだ。鬼が出るなどとうわさが立っているが心配はいらない。安心して任せられい」

「少しばかり女鬼が暴れているようですが、戸隠の盗賊ごときに、お武家様のお出向きをいただきまして恐れ多いことでございます」

「かの地は、将門の乱にて敗残の侍大将が山にこもった土地柄ゆえ、元は侍だった盗賊もおると聞く。我らにお任せあれば一掃してご覧に入れましょうぞ」

「頼もしい限りで、やはりお武家様に守ってもらうのが一番と存じます。ささ、今日はご一献ゆるりとしていただきましょう。これこれ、酒じゃ酒じゃ。もっと酒を持って参れ」

　家人が小心者の常蔵を心配して言う。

「お館様、もう酒樽は空になってしもうたで。ほどほどにしておいた方がええんじゃねえけ。お万がいつ来るかわかんねえから、武者衆にも精出してもらわにゃあんべえに」

　家人から言われた常蔵に癇癪《かんしゃく》の稲妻が走った。

「何じゃと、誰にものをゆうておるんじゃ。早く酒を持ってこんか、この役立たずが」

怒鳴りながら蹴り飛ばすと、小柄な家人は小さな呻き声を上げ、外まで転がり出てしまった。酒をあおっていた国侍たちは大笑いする。

「この恥さらし者が余計なことを言いおって、お武家様に失礼じゃろうが」

　再び蹴ると国侍たちも再び大笑いした。

　この騒動を、お万が見ていた。

「わー、で、出た。鬼が、女の鬼が出たぞ」

　女鬼は身の丈八尺、長い髪を後ろに束ねて垂らし、羽織った熊皮の袖なし胴着は、分厚い胸の筋肉と化した乳房を隠しきれず、大きな尻を包む腰巻は太ももの半分に届かない。筋骨隆々《きんこつりゅうりゅう》の腕には、背丈を超える大鉈を携えている。

「女鬼は一人じゃ。囲め、囲んで打ち取れ」

万全の準備をしていた国侍は、一丸となって攻撃を始めた。

矢が数本同時に放たれお万の体に刺さった、かに見えたが、どれもこれもはねのけられ地面に落ちてしまう。続いて太い縄が投げられ、首に二本緊縛されると十人がかりで引くがびくとも動かず、逆に引かれ、持っていた国侍たちが飛ばされた。

「か、かかれ」

脅えたかけ声を発した国侍たちが、槍で突き、刀で斬りかかった。その体は樫の生木のように堅い。突いた長槍は分厚い筋肉に刺さらず、傷はたちどころに治ってしまう。

お万が五十斤の大鉈を振り下ろすと、国侍の首が飛び、胴が二つになる。大鉈に斬られなくても、殴られ蹴られ、踏み潰されて死んでいく。それでも彼らは果敢に戦った。だが女鬼はいくら動いても疲れを知らない。一時もたつと、三十人を超す国侍が全滅しようとしていた。

村で一番大きい家に向かったお万が、門を蹴り倒すと常蔵が家の中に逃げ込んだ。

「ゆるして、許してくれ。ほしいものは何でもやる。命だけは助けてくれ」

「侍を集めで待ち伏せていやがっだな。許ざねえ」

女鬼の背丈は家よりも高い。かやぶき屋根を右の拳で殴ると、大きな雑音を発して屋根は飛び、柱は折れ家は粉々になって潰れた。常蔵は逃げ出したがお万に捕まり、一気に踏み潰された。その女鬼の前に出た者がいる。

「南無阿弥陀仏、南無阿弥陀仏」

いがぐり頭の老僧が、叱咤《しった》の大声を飛ばす。

「豈図《あにはか》らんや、仏門に反し殺生をする。是、人の道に在らざりし。その罪、身をもって償《つぐな》わんや。お万、無益な殺生はやめるのじゃ。南無阿弥陀仏、南無阿弥陀仏」

「……」

お万は一息二息の間、見つめていたが、老僧には何もせず踵《きびす》を返した。

もの陰に隠れていた義光は、体中が痛くて立ち上がれない。お万の目を盗み逃げ延びたほかの国侍二名に抱えられ、馬にしがみつき一目散に国衙を目指す。

国司惟正《これまさ》の前に出ても腰が抜けたまま、這いつくばって報告する。

「女鬼お万はその力強大にして、荒倉村村長常蔵の家を拳一撃にて潰せし。身の丈八尺の体は強靭にして矢も槍も刺さらず。首縄二本を十人で引けども動かず。立ち向かった侍は大鉈で斬られ、あるいは殴られ蹴られ踏み潰され、ことごとく討ち死に。三十五名の国侍のうち生き残りしは、わずかに三名であるも、鬼の疲れいささかもなし」

公家である惟正は肝をつぶした。

「なんと、何としたことか。それほど強いとは本物の鬼。国衙の力ではどうにもならないではないか」

「もしもここまでお万が攻めて来たら、国衙に何人の国侍がいても、たとえ軍勢がいたとしても、その数だけ死人が出ること必定」

「も、もう都に願うしかあるまい。一刻も早くしなければ信濃一国が危うい」

その日のうちに、惟正は都へ文を送った。

関白太政大臣藤原実頼《ふじわらのさねより》殿

信濃国戸隠郷女鬼お万　身の丈八尺　強靭な体強大な力　凶暴にして悪辣《あくらつ》な大鬼也
盗賊一味率いて跳梁《ちょうりょう》するに及ぶ為　国衙より三十五人の国侍遣わせし所　矢も槍も刺さらず　刀でも傷付かず　縄を投げ十人で引けども動かず　拳一つにて家微塵に潰せし　わずか半時の間に三十二人もの国侍殺害せしも　その体些《いささ》かも疲れ無し　この後国衙の力にては敵わじものにて　信濃国存亡の危機也　女鬼討伐軍勢早急に遣わし事　御願い奉る

安和二年七月二十四日　信濃守源惟正

文が京に届くには日にちがかかる。その間にこの国衙が襲われたらどうなるのか、考えただけでも身が震えてくる。惟正は従四位下の貴族であり信濃国司を務め、さらなる昇進と昇殿、そして公卿となる夢がある。貴族は鬼と戦う気など毛頭もない。どんな手段を使っても、自身の安全を図る。

——都はこれだけでは動くまい。そういえば日向村にも以前鬼騒ぎがあったと聞く。それも加えてもう一度文を送ろう。いや自分で持参して京に上り、国司も返上しよう。

三

奥信濃、日向村から東にお万の盗賊村を挟んで戸隠村がある。霊峰戸隠山のすそ野は広大に広がり、その森は仏道修行に適し、各地から多くの山岳修験者が集まっている。その中に大宰府から出てきた獄蓮《ごくれん》とその一派がいた。

獄蓮は山岳宗教厳獄教《げんごくきょう》を開き、貫主として多くの門弟を集め、棒術こそが体と精神を鍛える最強のものだと教え、激しい訓練を課している。逆らった者、逃げ出した者は厳しく罰し、容赦なく打擲《ちょうちゃく》する。それによって死んだ者の数は片手では足りない。二百人を超える門弟の中で、獄蓮の片腕と称されるのは、大宰府からの忠実な愛弟子魏廠《ぎしょう》。そして客分に比叡山より来たという灌厳《かんげん》がいた。

暑さも過ぎて中秋が近づくころ、厳獄教門弟の竪穴式《たてあなしき》住居が盗賊に襲われた。

「動くな、てめえら身ぐるみ出せ。命だけは助けてやる」

「あばけるでなかと（ふざけるな）。盗賊とな、殺されても文句ば言うでなか」

門弟と盗賊との、棒と刀の戦いは住居の内外で続いた。門弟たちが見たものは、普通の人間の倍ほどもある巨人だった。筋骨隆々の体を覆う黒い袖なしの胴着は、分厚い筋肉と化した乳房を隠しきれず、大きな尻を包む黒い腰巻は太ももの半分に届かない。牛馬のような目と鼻孔は、見ただけで足がすくむ。門弟たちにも女鬼の噂は届いていたが、初めて見るその大きさに驚愕《きょうがく》するだけであった。

「鬼だ、逃げっと。鬼だぞ、逃げっと」

逃げ遅れた門弟の一人がお万に斬られたあと、賊はわずかな食べ物まで持ち去った。

魏廠が貫主獄蓮に報告している。

「盗賊に、いえお万にやられもした。無慈悲な鬼ですたい。奪い取るものなど何もないのに、死人怪我人が出たとたい」

「なに死人な。近ごろ鬼が出るとうわさばされとっと、そいつらの仕業か。ばってん捨てとけんばい。女鬼お万と、あばけとって（ふざけやがって）ぶっ殺ってやっと」

獄蓮の怒りは激しい。棒を膝でへし折り、門弟に檄を飛ばす。

「よかか、こいから（こちらから）襲撃すっと。おいらの門弟が殺さるほどやられてるちゅうに、ただ手をこまねいとるわけにはいかんと。盗賊などものの数ではなか、相手はうわさの女鬼お万一人と。囲って突っ殺せ。たとえおいらの全滅したっとも、必ずぶっ殺すばい」

「おう」

「厳獄の教えにあると。疑をもって成さざらんと欲すれば、死をもって成し」

「疑をもって成さざらんと欲すれば、死をもって成し」

「死に敵わんとするは敢行あるのみ」

「死に敵わんとするは敢行あるのみ」

二百人の門弟が大声で復唱する。うろ覚えの故事をもじって作った、訳のわからない教義を教え込んだ獄蓮は、神になったつもりでいる。

「棒術は最強ばい。勇気を持って戦うばい」

「おー」

「突け、突け、突っとせ突っとせ突っ殺せ」

「突け、突け、突っとせ突っとせ突っ殺せ」

二百人対一人の戦いに、次々と士気を鼓舞する語気が飛び交い、気勢を上げた。

八月十五日、あと半時もすれば中秋の名月が昇るころ、厳獄教門弟の一団が峠を駆け上り、盗賊村に近づく。風も雲もない穏やかな天気とは裏腹に、身の毛もよだつ惨劇が始まろうとしている。

門弟は盗賊の掘立小屋に垂れ下がっている筵《むしろ》を引き払った。

「お万はいるとか、出てこんと」

「なに、何だ」

門弟の棒が唸《うな》り、次々と盗賊が斃されると、動ける盗賊は峠の村へ走った。

「お万様大変じゃ。村が厳獄教の門弟にぶっこわされてるだ。こっちさ向かってくるだ」

「なんだとう」

酒を飲んでいたお万は椀を叩きつけ、無造作に長さ八尺、重さ五十斤の大鉈《おおなた》を担いだ。

「ぶっ殺せ、一人も生がして帰《け》えすんじゃねえど」

　厳獄教貫主獄蓮《ごくれん》が峠の頂に上ると、そこには女鬼が待ち構えていた。その体の大きなことに驚いたが怯《ひる》むわけにはいかない。獄蓮はお万を見上げ、怒鳴りつけた。

「お万、にしゃ（お前）を、ぶっ殺しに大宰府の地から出てきた獄蓮たい。鬼だなどとほざきおっと、このくそ餓鬼《がき》が。死にとうごとなければ土下座せんとな」

「ふん、おだはでめえらが土下座しでも、みんなぶっ殺すがんな」

　お万の分厚い唇から響く濁声《だみごえ》は、凄《すご》みがある。すべてが想像以上に恐ろしい女鬼に、強がりが消えた獄蓮の背筋が凍りつく。

「だ、第一隊、突けーい」

　獄蓮の号令に門弟第一隊二十人が次々に棒で突いた。棒は確実にお万の体を捉えている。普通の人間なら、臼《うす》の中で十分につきあがった餅のようになっているはずだ。だが、腹に背に足に、いくら棒で突かれてもお万は痛みを感じない。その体は樫の生木のように硬く、餅どころか痣もできない。

　膂力《りょりょく》七十人力を誇る太い腕が、重さ五十斤の大鉈を軽々と繰り出す。最初の門弟を薙《な》ぐと、悲鳴を上げる間もなく首が宙を飛び、死んだことに気がつかない体は二歩三歩と歩き、谷に落ちていった。見ていた門弟に激烈な恐怖が走る。竦《すく》んだ足、震える手でお万に向かっていく彼らは次々と大鉈の餌食となった。胴から二つに、腕が飛び足が飛び、あるいは殴られ蹴られ、踏み潰されて死んでいった。

誰もが素直な門弟たちは、貫主の教えどおりに、棒で攻撃することしか頭にない。お万に恐れ慄《おのの》きはしたものの、逃げることを知らず、経も、題目すらも口にする者はいない。

峠は血の雨で染まり、第一隊二十人は全滅した。

獄蓮は驚き震えた。だが意地でも攻撃をやめることはできない。号令は続く。

「鬼を休ませるな。第二隊、突けーい」

第一隊門弟の死骸を踏み越えて、死に物狂いになった第二隊が繰り出す棒は、四方八方からお万の体にのめり込んでいるが効き目がない。門弟は棒が最強の武器だと信じ、ただ突くだけの単純な攻撃を繰り返している。第二隊も全滅の憂き目にあった。

「鬼を疲れさせるのだ。だ、第三隊、つ、突けい」

相手に休む間を与えないという波状攻撃は無駄だった。お万は疲れを知らない。山全体が狂気に包まれ、隊列は崩れ統制はとれなくなっている。門弟は攻撃しているつもりが逆に追われ、峠を逃げ惑いながら殺されていった。獄蓮の足は震えた。

「だ、だいよんた……」

号令はここまでだった。愛弟子魏厳が叫ぶ。

「貫主様、棒ば通用せんですと。お万な化け物ばい。疲れもなく甃せんと。このままでは全滅すっとばい。降参して謝るか、逃げんとかせんばいかんと」

獄蓮はお万に背を向け、逃げ出しながら門弟たちに向かって叫んだ。

「にしゃら鬼を突っ殺すたい。逃げるでなかと」


灌厳が岩を背に追い詰められた。お万が正面から迫る。

「お万さま、拙僧は比叡山の僧、灌厳と申します。この者どもの仲間ではありませぬ。紅葉という鬼女を殺すために、都から出てきたのです。た、助けて、助けてくだされ」

「紅葉は都から追っぱらわれたって聞いたぞ。殺しに来ただとう。そんならなんで獄蓮のところにいるんだ」

「拙僧は人を殺せないので、獄蓮たちに手助けをしてもらおうとしたのです。でも弟子の魏厳に邪魔されました。女は殺すなと」

「何だと、おだも女だぞ。この野郎、死ね」

「うわ」

大鉈が振り下ろされた。灌厳がからくも刃を避けると、大鉈は後ろの岩を砕いた。

再び大鉈が振られようとすると、彼は身を躍らせ暗い谷に消えた。

東の山から昇った中秋の名月が見たものは、斬られ殴られ踏み潰されて、息絶えた門弟が散在する修羅の峠だった。名月は、生き残った門弟たちが戸隠に向かって逃げる足元を、明るく照らす。

盗賊と殺人を繰り返す悪鬼お万を斃す戦いは、貫主を名乗る僧獄蓮の怒りから始まった。彼は僧の分際をわきまえず、お万を殺そうとした。お万は絶大なる強者であった。獄蓮は門弟を盾にして、ただ逃げ惑うだけの醜悪の輩に変貌している。お万は本物の鬼。獄蓮のような悪僧など、最初からひれ伏すべき相手だった。

「ハア、ハア、獄蓮様、……もうちっとで池ばい。休まず走っと」

「……おう」

貫主獄蓮も愛弟子魏廠も息が切れ、声も出せなくなっている。道なき道を転びながら峠を下り、戸隠山のすそ野まで走って逃げ、どうにか池に辿り着いた。

名もない小さな池。厳獄教の厳しい修行の場である。ここには多くの門弟の思い入れが詰まっている。厳しい修行を慰めてくれる母なる池でもある。彼らは心のよりどころに逃げ込んだ。「池にくれば助かる、生き延びられる」安堵が門弟を包む。水面に大きく映っている名月を揺らし、わずかに生き残った者たちが水に顔を突っ込んで喉をならした。

　木が折れ、石が飛び、お万の足音が近づいてくる。

「もう来たと。逃げるたい」

「こら魏廠、先に逃げんじゃなかと。この役立たずが」

　獄蓮が魏廠を殴った。魏廠は腹が立った。これまで彼に一度も逆らったことはなかったが、殴られて我慢できなくなった。

「獄蓮」

　弟子の魏廠が、貫主を呼びすてにして怒鳴った。周りの門弟は声を無くす。

「皆、にしゃのせいで死んだ。にしゃなどもう貫主ではなかと」

　魏廠は膝をついたまま彼の禿げ頭を殴り返し、顔も殴った。疲れ果てて逃げる気力もないのに、不思議と殴る拳には力が入る。獄蓮を守ろうとする門弟はいない。

　醜い争いのさなか月の明りを背に、お万の姿が黒く浮かび上がると、師弟は恐怖に震えた。

「逃げても無駄だ。ぶっ殺じてやる」

　獄蓮が魏廠を指差し、息もたえだえに言う。

「お万様、ま、待ってくれんと。た、助けてくれんと。こいつが大将ですと。悪いのはこの男たい。勝手にお万様を攻めたと。私は言われたとおりにしよっただけたい」

あまりの大嘘に魏廠はあきれて声も出ない。お万には嘘が通じないことを、峠で怒鳴った男を忘れることがないことも、獄蓮は知らなかった。

「てめえが大将じゃあ、なかっだか」

「い、いいえ大将はこいつですと。私は悪くなか。命だけは、命だけは助けてください」

お万は、土下座している獄蓮の頭に足を乗せ踏みつけた。短い悲鳴と頭蓋がつぶれた音が同時に聞こえた。

観念した魏廠は、思わず棒を捨てて合掌し、震える口から題目を唱えた。

「みょ、妙、法蓮華経、妙法蓮華経、南無妙法蓮華経、南無妙法蓮華経……」

題目を聞いた生き残っている門弟たちも、死を覚悟して湖畔に広がるすすきの原に座り込み、棒を捨てて合掌した。死の瀬戸際にいる彼らの、仏に縋《すが》る声が湖面に響き渡る。

「南無妙法蓮華経、南無妙法蓮華経、南無妙法蓮華経、南無妙法蓮華経……」

お万は体の動きを止め、門弟たちを睨んだ。

どのくらい時がたったろうか。門弟たちを睨《ね》め付けていたお万が、おもむろに振り向いて空を見上げた。荒倉山の黒い影絵《シルエット》の上に浮かび上がった、いつもの満月より一回りも二回りも大きく、そして倍も明るい中秋の名月が輝いている。

血に染まる悪鬼にわずかに残された人の心が、満月を見させた。満月がその心を鎮《しず》めた。

目の前で多くの仲間が殺された魏厳は、神経が破壊され、顔も体も肉が緩み、短い髪の毛が半日ですっかり白くなった生ける屍《しかばね》と化した。焦点の定まらない目が、夜空に立てかけられた紺青《こんじょう》の絵画を見つめている。そこに描かれている玲瓏《れいろう》とした天空の営みと、すすきの原に立つ最強の鬼の背が、凄惨非道の戦いに終焉《しゅうえん》を告げている。

四

次の日の朝、鬼無里に血だらけの法衣を着た巨漢の僧が、足を引きずりながら現れた。

「皆の衆、比叡山の修行僧、灌厳と申す。お万に襲われ命からがら逃げ出したもの。しばしの間かくまってもらいたい」

昨夜の惨劇は鬼無里にも伝わっている。村長《むらおさ》は比叡山と聞いて、すぐに紅葉に知らせた。

内裏屋敷から紅葉とやえ、飛助が駆けつけると、

「あ、お前は灌厳、灌厳ではないか。許さんぞ」

惨烈の宴が思わぬ形で再現した。紅葉とやえはこの男の罠にはめられ、ここ信濃に追われた。一連の悪事は局良子の仕業と思って憎んでいたが、その良子を後ろで操っていたのは、この男に違いない。そうだとすれば、この男は御台所の仇であり、紅葉にとってこの世の中で最も憎い、絶対に許すことのできない男である。

「灌厳、八つ裂きにして殺してやる」

峠から落ち、顔中に傷を負って頭からも血の筋を流し、足も腕も折れているらしく、でっぷりと太った体で座りこんでいる灌厳に、渾身の力を込めて杖を振り下ろした。

憤怒の入れ物が破裂しているのは、やえとて同じ。二人で灌厳を叩く音が鬼無里の村に響く。が、叩いただけで荒い息をする女の力では効き目がない。

「紅葉様おらたちが助っ人するでえ」

「おう」

「こやつは御台様の命を奪い、わらわに罪をかぶせた極悪人である。わらわの手で殺す」

「助けて、ください。ぜ、全部、局に言われるが、ままに、やったことで、ございます」

「嘘をつけ。御台様を苦しめ、わらわを呪詛に仕立てて、局をそそのかしたのはお前であろうが。その上わらわを殺そうとして、この地に来たに違いなきぞ」

「違います、違います。局に命じられて、いたのです。奥方様に、お詫びに、来たのです」

「うそをつきなはれ。灌厳、白状するんや」

やえが棒を振り降ろしたとき、叫び声が聞こえてきた。

「お万だあ、お万がやってくるぞ」

遠くから物見していた若い衆の叫び声に、村中が狼狽《ろうばい》した。

「坊主はいるが。坊主をだぜ」

お万の声が聞こえてくると、紅葉が皆に指示を出した。

「皆の者、はやく家に帰って隠れるのじゃ。お万はこの坊主を殺しに来たのであろう。

ここはわらわが話をする」

「紅葉様も逃げておくれやす。そうでないと殺されてしまいます」

「わらわは鬼女。村が助かるのなら、お万に殺されるも致し方なし。あとはやえ、前から話してあるとおりにするのじゃ」

まさか殺されはしないだろうと、たかをくった考えは甘かった。

身の丈八尺、目方百貫の女鬼お万と、紅葉が初めて顔を合わせた。全身が粟立つ。恐くても震えていても、黙っているわけにはいかない。

「ま、待つのじゃ、お万。わらわが紅葉じゃ」

濁った目線が紅葉を貫き、濁声《だみごえ》が村を震わせる。

「おめえが紅葉が。都を追っぱらわれた鬼女のごとは知ってるぞ」

「この坊主は御台様の、仇なのじゃ。わらわが、殺す」

「ふん、でめえに人を殺せるわげがねえ」

「助けてください。拙僧は紅葉様を都に連れ戻すために来たのでございます。獄蓮たちとは関係ないのです」

「なんだと、昨日おだ（おら）には紅葉を殺ずって言ってだなあ」

「やはりそうであったか、灌厳」

「命だけは、お万様、命だけはお助けください」

「嘘ばかり言いやがって、獄蓮だちに紅葉を殺ずように頼んだのだったなあ」

「ひっ、ひー」

逃げようとした灌厳の首は、大鉈の一振りで体と離れた。大鉈はその勢いのまま紅葉に向かった。

「紅葉、でめえも死ね」

突然の恐怖に紅葉の体は硬直し、逃げることも避けることも、声を出すことさえもできない。死を覚悟したそのとき、おばばの声がした。

「采蔵、行け」

間髪を容れず短い叫び声とともに采蔵の巨体が、さらに巨体のお万に体当たりをした。肉体と肉体のぶつかり合う重量感のある音がするとともに、お万は体勢を崩して尻もちをつき、大鉈は落ちて転がっていく。

采蔵は片方が窪んだ穴だけになっている目をお万に向け、にやりと嗤《わら》った。強者は強者を知る。身の丈七尺の怪物は、自分よりさらに大きくて強い相手を初めて見た。力の限り戦うことができる強者ゆえの喜びがある。頭部が火傷に覆われ、白く濁った片目がわずかに見えるだけで、耳はつぶれ、言葉も失った男に、長年燻《くすぶ》っていた闘争本能が蘇《よみがえ》る。不具の身に落ち、怪物となった最強の男が死に場所を得た。それゆえの嗤《わら》いであった。

立ち上がった女鬼の顔を怪物が殴ると、女鬼の頬肉が歪み口から血が飛ぶ。女鬼の手刀が首を狙うが外れて胸を叩き、速さ《スピード》はないが重量のある拳が怪物の腹を折る。いく分速さの勝る怪物の拳が、女鬼の腹にのめり込む。

七尺、五十貫の怪物采蔵、八尺、百貫の女鬼お万。素手と素手による壮絶な殴り合いは、大きさの差と男女の力の差を合わせて五分と五分。男の攻撃力は、女よりも速いことに加えて喧嘩慣れの間の取り方で、ただ大きいだけの女鬼を凌駕《りょうが》する。だが、お万には疲れがなく痛さも感じない。怪物は窮地に陥った。

女鬼が振り向いて大鉈を掴むと、怪物はすかさず百貫の巨体を後ろから抱き上げ、崖から大川に飛び込んだ。

二人は急流に流されながら、さらに殴りあう。やがて女鬼の手刀が怪物の首を捉えた。怪物の小さな呻き声は急流にかき消され、波に見え隠れしながら姿を消していった。

次の日、采蔵の死骸が下流で発見された。やけど痕で覆われた頭部が、不自然に折れ曲がり、胸から腹にかけて斬られていた。お万の行方は知れない。

采蔵が紅葉の命を救ったことは間違いない。そうでなければ紅葉は、いかに観世音菩薩の庇護があろうとも、確実に死んでいたであろう。

——采蔵、遠い昔のことは忘れよう。命を救ってもらった礼を言わねばなるまい。

十年近くに亘り、一緒に暮らした采蔵が死んだ。手を合わせる紅葉の瞼が潤む。

# 第四章　将軍維茂

## 一

半月ほど遡《さかのぼ》る八月初旬、都では信濃の情勢に関し、関白太政大臣藤原実頼《ふじわらのさねより》が朝堂院に公卿を集め、信濃守源惟正《これまさ》からの続報を読んだ。
「信濃守が持参した書状ぞよ。先の書状と合わせておもしろいものぞ」

鬼女紅葉は魔性を現し　妖術によりて　奥信濃の山を崩し　川を溢《あふ》れさせ　村を流す　はやり病を蔓延《まんえん》させ　多くの村人を妖術と毒にて殺害す　強大な女鬼お万を手下に従え　賊を率《ひき》いて村々を襲い　信濃国を奪わんと謀《はか》る様子　斯様《かよう》な段　信濃一国にては平定成らず　悪の権化鬼女紅葉の討伐急務となりて一日を争う　鬼女紅葉並びに女鬼お万と配下の賊　討伐軍勢派遣の段　急ぎ願い奉る
安和二年七月二十九日　信濃守源惟正

「女鬼お万は身の丈八尺を超え、目方も百貫を超えるまさに鬼じゃ。その強さ矢も槍も、刀も縄も効かず疲れがないと先の書状にある。国侍が大勢殺され、一国が総出でかかっても退治できない大鬼だそうな」

公卿から一斉に驚きの声が上がった。

「身の丈が八尺、目方が百貫もあり、矢も槍も刀も縄もだめで疲れがないとは、まことでごじゃりまするか」

「どうやって打ち取ればよいのでごじゃりまするか」

「打ち取りに出た国侍が、何十人も殺されたとは信じられぬこと」

実頼が一同を制す。

「それでも女鬼お万は鬼女紅葉の手下にすぎないのじゃ。その妖術の恐ろしさは、お万の恐ろしさよりも、さらに恐ろしいこと明らかじゃ」

「それほど恐ろしい妖術でごじゃりまするか。ああ恐ろしや」

「女鬼だけでも一国を潰そうというほど恐ろしい力があるのに、その女鬼を手下にしてしまう鬼女紅葉とは悪魔ではごじゃりませぬか。ああ恐ろしいことでごじゃります」

「ああ恐ろしや恐ろしや」

妖術は何よりも恐ろしいものであった。紅葉の恐ろしさを口にした公卿たちは、体が震え出し、今にも泣き出しそうである。実頼が言う。

「事は急を要する。こうしている間にも、鬼がこの都を襲わんとしているやもしれん」

「なんと、それは大変なことでおじゃります。まっこと急がねばなりませぬ」

「ほんに、急いでくだされ。そうでなければ夜もおちおち眠れないでごじゃります」

「鬼女紅葉とは何者であるかの。初めから、そのような強悪な鬼であったのか」

実頼は公卿たちに聞いた。中納言藤原兼家《ふじわらのかねいえ》が答える。

「先の鎮守府将軍経基の女房にて、呪詛により御台所を呪い殺した罪により、信濃国に流された者にあらしゃいます。都を追われ、山奥に流された恨みは深い怨念を生み、呪詛《じゅそ》妖術の力をさらに強くし、恐ろしき鬼女となったものでごじゃりまする……」

答えが終らないうちに、参議藤原兼通《ふじわらのかねみち》が口を挟んだ。

「鬼女などではごじゃりませぬ。紅葉という女房は、妖術などは使えぬか弱き女子でごじゃります。御台所を呪い殺したとは、謀《はかりごと》でごじゃりましょう。また山を崩し川を溢れさせるなどとは、人智の及ばざるものにて、下々の者の言いがかりにすぎませぬ」

兼家、兼通は実の兄弟で仲が悪い。弟兼家は、この春兄の参議兼通を追い越して中納言に出世している。兄兼通のことを、堅物で融通が利かないと蔑《さげす》んでいる。兼通はずる賢く自分を追い越した弟兼家が憎い。幼少のころから、踏み潰してもまだ飽き足らぬほど憎んでいる。兼家が言い返す。

「とんでもないこと。最初から経基御台所の命を奪う鬼だったに加え、信濃の悪鬼の力が乗り移り、強大にして凶暴な鬼女に変貌したこと、間違いありませぬ」

「そのような、まやかしごとはありえぬことぞ」

「いいやそうに違いない」

押し問答をしながら、兄弟は睨《にら》みあった。ここは朝堂院のなかの一朝堂。天子様のお膝元で争いごとを起こすなどとは、まかり間違ってもあってはならない。

朝堂院とは平安宮の中心である。その正門が応天門であり、大納言伴善男《とものよしお》が陥れられた応天門の変の発生場所である。皮肉にもその場所で誰も気がつかずに、伴大納言の子孫である紅葉の退治について協議している。朝廷には、伴の姓と紅葉の名の結びつきに気がつく者はいなかった。ましてや紅葉に仇討の使命があることなど、わかるわけもなかった。

「この上は都より強大な軍勢を派遣して、鬼女紅葉、並びに女鬼お万を退治しなくてはならない。このことできないでおれば、信濃の次はこの都が鬼の住処《すみか》になるぞよ」

「えー」「ひえー」

公卿たちはいっせいに悲鳴を上げ、実頼を見つめてざわめいた。恐ろしさに震え、隣同士抱き合い、泣き出した公卿もいる。

「鬼を退治に行くにあたっては、帝のお許しはいただけるので、ごじゃりましょうか」

「今のままでは難しい。鬼女紅葉に女鬼お万。どちらの鬼が帝のご病状に関わっているものであるか。まろは昨日から、信濃国の様子を占っておくように陰陽師《おんみょうじ》に命じてある。晴明を呼べ」

帝とは、二年前に十八歳の若さで即位された冷泉《れいぜい》天皇のこと。立派なお人柄で、まじめに務めを果たされてきた。だが事態は急変した。この二月《ふたつき》、三月《みつき》ほどで、凶暴にして悪辣《あくらつ》と化してしまった。目が赤く血走り一日中怒るか笑う。侍従に暴行を加え怪我人が絶えず、仕方なく清涼殿の一室に軟禁している。今は病にて人を憚《はばか》っておられることになっているが、この狂気を払うことが急務であり、元の立派な帝に戻さなければならない。このことを知っているのは実頼とここに集まった公卿、そして陰陽師安倍晴明だけである。

「晴明にごじゃりまする」

縹色《はなだいろ》の袍《ほう》に冠をかぶった陰陽師安倍晴明が、右手に檜扇《ひおうぎ》を持ち下座に着く。晴明は口元に微笑みを絶やさずといえば聞こえはよいが、唇を閉じても飛び出してしまう反っ歯から、人を小馬鹿にするような薄ら笑いを浮かべる小男である。その晴明よりも、さらに小男の実頼が聞く。

「おお晴明、信濃国に鬼が出て暴れている。天子様の病状と関わりはあるまいか、鬼は退治すべきか、そちならわかるであろう。教えてくりゃれ」

「はは」

晴明は六壬式盤《りくじんちょくばん》（星占のための道具）を据えつけ、呪文を唱え始めた。

晴明はこの年（安和二年、九六九年）四十九歳、大器晩成といっても出世が特に遅く、なぜかこの鬼女の騒動の後、飛躍的に出世する。

「昨夜の空にて占いしことをお伝え致します。都には天子様の運気に小さな黒い雲あり。信濃国には同じ黒の大雲があり、狂気を含みて放置よからず。大雲の下には下天に巣食う鬼ありて、急ぎ退治すること肝要」

「うむ、やはり事は急を要するのじゃな」

「急ぐことに是非もごじゃりませぬ。黒い雲とは天界の魔王にごじゃります。万が一、魔王が鬼とともに都に来たりて、朝廷に入りしは鬼の力に帝の権力が加わり、この世は魔王の思いどおりになってしまうでおじゃりましょう。魔王は人の命を奪うことが仕事。毎日喜んで人の命を奪うことでごじゃりましょう」

公卿たちのあいだから悲鳴が上がった。大声で泣き出している者もいる。

「ふむ、何ともおぞましいことじゃ。どうすればよいのじゃ」

「都と信濃の黒い雲を払うことでおじゃります」

「都の雲が払われれば、帝は、お元気になられるのか」

「はい、病治り元のとおり麗しい帝に戻られること、疑いありませぬ」

実頼のこめかみに青筋がひくつく。

「では都の黒雲を払った後、信濃の大雲を払うとするがよいのか」

「順番ではそうなりまするが、都にて戦うは帝に刃を向けることとなり、また朝廷の建物も灰燼《かいじん》に帰する恐れがごじゃります」

「おおそれは大変じゃ。恐ろしや。急がねば」

「急がねば、急がねば、ああ恐ろしい恐ろしい」

公卿たちが口々に騒ぎ始めると、実頼が再び一同を制した。

「このこと厳に他言無用。晴明、いかがしたらよいのか」

「はは、都と信濃の黒雲、元は一つ。都の雲をあとにして信濃の大雲払うこと成れば、都の雲、間を置かずに払われることでごじゃりましょう」

「ふーむ。信濃の大雲を払うとはどのようにするのじゃ」

「信濃の大雲、鬼に取り憑いておじゃりますれば、鬼を退治すること」

「ようわかった。では鬼退治には誰を遣わすがよいのじゃ」

晴明の目が六壬式盤《りくじんちょくばん》に向けられた。

「信濃国は都よりまさしく鬼門の方角、即ち艮《うしとら》なり。艮に対するには巽《たつみ》が強きと出ておじゃります。巽の方角の星には、余五と呼ばれる武将の星がおじゃりまする。余五すなわち平維茂《たいらのこれもち》と申す者は文武ともに優れ、特に剣を使わせば比類なき剛腕、適任でごじゃりまする」

「ふーむ、余五とは何か」

「維茂の養父貞盛には養子が大勢ごじゃりまして、維茂は十五番目の子に当たります。貞盛は、いちいち名を呼ぶのは面倒と、十よりあとは余りにして数で表し五番目、余五と呼んだそうでごじゃりまする」

「そのような好《い》い加減な呼び方では、何とも気の毒でおじゃるのう。おほほ」

一同に軽い笑いが起こった。笑いはひきつっている。

「鬼は二匹おるそうな。どちらの鬼から討つのじゃ」

「力の鬼捨て置くべからず。さもなくば都までも滅ぼしかねません。妖術の鬼、妖力失えばただの人にて容易《たやす》きこと」

「妖術の鬼、鬼女紅葉はその霊力強く、かつ都を追われた恨み根深く、退治は困難と聞く。また、力の鬼お万には矢も槍も刀も縄も効かず疲れがないという。維茂に討てるのか」

実頼の問いかけに、晴明は再び六壬式盤《りくじんちょくばん》に向かい何やら占う。

「妖術の鬼、鬼女紅葉と申しても、元はか弱き女子にて退治は容易きこと。力の鬼は大雲の狂気、すなわち悪魔が取り憑きしもの。如何《いか》にしてこれを斃すかは難しく、応《ふさわ》しい知力と、気力、体力を併せ持つこと肝要」

「維茂のほかにも適任の者はおじゃりまする」

声を出したのは、またも中納言兼家だった。

「鬼門 艮《うしとら》に対するは裏鬼門、すなわち 坤《ひつじさる》の方角でごじゃります。その方角には源満仲《みつなか》が住んでおじゃります。彼は当代きっての武将。加えて紅葉を信濃国に追放した経基の実子という縁があり、適任でごじゃ……」

「満仲は」

兼家が言い終わらないうちに、大声を出して口を挟んだのは兼通だった。兼家の推す者などもっての外。

「満仲は密告することなどが数多くあり、その身に邪心ありて、女鬼お万の悪だくみに乗る恐れが強く不適でごじゃります。そのような野人を推すとは、まっこと浅はかなこと。愚かなこと。おほほ……」

「まろのことを、笑うてくれましたな。おのれや許せんこと」

上座に座った兼家のゆったりとしたもの言いが重なった。人を怒鳴りつけたことなどない上級貴族が、目いっぱいに怒りをぶつけている。

檜扇《ひおうぎ》を口元にして笑う兼通の冠《かんむり》を、兼家は自分の檜扇で叩いた。兼通は左手で、落ちかかった自分の冠を押さえ、正面から叩き返そうとして立ちあがった。同時に立ちあがった兼家めがけて、檜扇を持つ右手を振り下ろしたが、はずれてよろけ、腰がくだけて彼の左腕の黒い袍《ほう》に抱きついてしまい、袖を半分破ってしまう。兼家は、兼通の纓《えい》（冠の装飾具）を引きちぎる。

「やめんときいや、ここは朝堂院。帝がお怒りやで」

「や、やめんとなあ。乱暴は下々の者たちのやることぞ」

二人は平安朝最高位の貴族たちの言うことも聞かない。座は大変な騒ぎになった。あろうことか、ついにというか、朝堂院の中で殴り合いが始まってしまった。殴り合いといっても、上級貴族は人を殴ったことなどなく、子猫のじゃれ合いに似た戯《ざ》れ事である。

脇にいた公卿たちが仲裁に入ろうとして、二人の腰に抱きつき、七、八人が入り乱れて引っ張り合った。兼通が掴んでいた兼家の袍の袖が肩から一気に千切れ、二人にくっついていた公卿もろとも二手に分かれ後ろに飛び、重なって尻もちをついた。あばれる二人は公卿たちに腕を取られると、寝転んだまま指貫《さしぬき》の中から足を飛ばして蹴り合っている。

兄弟は今まで何度も騒ぎを起こしている。宮中での騒ぎ、公卿であろうとも咎めを受けなければならない。兼通は兼家の袍を千切り取り、兼家は兼通の纓《えい》を千切り取った。痛み分けの様相で二人は公卿たちに囲まれ、荒い息を吐きながらも落ち着きを取り戻し、元の位置に座った。

実頼は迷った。遺恨を残さずどちらかを選ぶとなれば、なんらの訳合《わけあ》いがなければならない。

「晴明如何《いか》に」

「ははっ。満仲の星には影が見えておじゃります。影とは表裏あること、都の命運預けるには、いささか不向きにごじゃります。ひぃひひ」

この笑いは晴明の口癖だ。反っ歯の脇から息が抜けるだけで声にならず、肩を震わせて激しく笑う。その下卑た笑いは公卿の間でも、ひんしゅくを買っている。

「なるほど。それでは兼通の推す維茂を討伐の将軍にいたそう。惟正の国司返上につき、鬼討伐の成るまで、いっとき維茂を信濃守に補任《ぶにん》いたそう」

関白の決断により、鬼盗賊討伐軍の将軍および信濃国司は平維茂と決まった。朝廷は帝の狂気を払うため信濃の狂気、すなわち鬼を退治すると決めた。二つの狂気は同じもの。晴明の占いでは、鬼退治成れば帝も都も安泰となる。このことはここに集まった者に固く緘口《かんこう》とされた。

兄兼通は弟兼家の鼻を明かした。が、それはまだ端緒。仮に維茂が鬼退治に失敗したとすれば、逆に嘲笑《ちょうしょう》の渦に叩き込まれる。

——あ奴にだけは笑われることなどあってはならない。

この後も、お互い相手を陥《おとしい》れようとばかりしている、手のつけられない兄弟であった。

関白太政大臣実頼は二人の取っ組み合いを不問とした。その眼が中空を見つめて瞬光を放ったことを、兼通は見逃さなかった。

二

平伏している平維茂《これもち》に、参議藤原兼通から宣旨《せんじ》が伝達された。

「天子様の勅命であらっしゃるぞよ。平維茂、其の方を信濃守ならびに鬼盗賊討伐将軍に任ずる。信濃国戸隠郷の女鬼お万、鬼女紅葉、および百人からなる盗賊の一味を掃討せよ。安和二年八月十二日」

「はは、ありがたき幸せ、維茂、謹んで承《うけたまわ》りました。恐れながらお伺い致します。女鬼お万とは何者でござりまするかと」

平伏したまま話している維茂は、恐れ多くも参議兼通の顔を見ることはできない。

「本物の鬼じゃ。身の丈八尺、目方百貫の女だそうな。凶暴悪辣《あくらつ》にして膂力七十人力という強大な力を持ち、疲れを知らず、矢も槍も刀も縄も効かぬそうじゃ。この鬼を退治するのは難儀、いや至難であるぞ。相応の準備を整え、心してかかれよ」

「はっ、はは、お、お万は本物の鬼。で、では、き、鬼女紅葉とは何者でござりますか」

「うむ、経基が妻である。以前都に居ったときから鬼女と噂され、経基御台所を呪った罪で信濃国に流罪となった。もう一昔前のことじゃが、今鬼女は流罪先で暴れておると流言が飛び交っている。呪詛《じゅそ》の力が強くなり、山を崩し大水を起こして村を流し、疫病を起こし村人を殺し、女鬼お万を手下に率《ひき》いて、夜な夜な村々を襲う盗賊の頭となっているという。放っておけば、恨みの残るこの都にまで攻め込んでくるやも知れんとのことじゃ」

あまりのことに、維茂は思わず顔を上げてしまった。失礼ながら面と向かって参議の目を見た。参議はその維茂の目を見て、声を落として言う。

「ではあるがの、紅葉がこの都に居ったときは、女神と慕われてもおかしくない麗《うるわ》しい女子であったのじゃ。真偽は都では判らぬ。よいか、よく確かめ、惑わされることのなきようにせよ。これは経基からの書状じゃ。詳しくは検非違使《けびいし》に確かめるがよい」

「ははっ」

参議兼通は平伏しなおした維茂のところまで下り、腰を落として肩に手をかけ、直接書状を手渡した。念を押す彼の声が維茂の耳に、温かい息とともに吹き込んでくる。

「よいかの、必ず鬼を斃《たお》してくりゃれ。必ず、頼んだぞよ」

「ははっ、ははー、ははー、か、必ずや……」

参議に目の前まで来ていただけるだけでも恐れ多い。再び目を合わせた維茂は感じ入り、身震いして涙まで流した。「この尊いお方のためならば命などいらない」とまで思う。

それが兄弟喧嘩の意地の張り合いのため、だったとは夢にも知り得ることはない。

宮中を退散した維茂は思案した。徐々に不安が膨らんでいく。

――大役を仰せつかった。たかが鬼の一匹や二匹。恐れることなどなきぞ。だが鬼はとてつもなく強いと言う。ここは晴明に確かめるに如かず。

剛毅果断、用意周到、謹厳実直と聞き飽きたような熟語が、彼にはよく似合う。欠点は実直過ぎて堅物であること。がむしゃらに軍勢を進めることなどはしないが、その行動は迅速である。

「じい、じいはおるか。おお、じい、たれか信濃を見てくるに適う者はおるか」

「は、お待ちあれ」

じいと呼ばれたのは、軍勢の重鎮となる光重《みつしげ》である。年ではあるが体はまだまだ丈夫だ。その分へそが曲がってきている。

足早の維茂は旧知、安倍晴明の屋敷に向かった。暑さも過ぎすでに秋。暗くなった空を見上げると、心を洗うための洗濯板のような天の川が、よく見える宵であった。

「維茂殿、ようこそ参られた。今宵は星がよう煌《きら》めいておりまするぞ。ひぃひひひ」

反っ歯の晴明は愛想がよい。

「晴明殿、今宵は鬼を、鬼を退治する方策を伺いたく参上した次第」

「鬼退治もよろしいが、その前に二人で一献、傾けようではないか」

「それは忝《かたじけな》い。が、のんびり酒を飲んでいる暇はなきぞ、如何にせん大変なのだ」

身の丈六尺の勇猛な侍大将の反面、維茂の性格は悩みを簡単には消せない緻密《ちみつ》な面がある。今日は一日中鬼が頭の中を走りまわっている。燈台の灯りが赤く映し出す顔つきは、こめかみの小さな青筋が、鬼に対する脅《おび》えを表している。

「これ、客人に酒を持て」

「はい」

透きとおった返事がした。美しい腰元の酒を飲み干して喉を潤し本題に入る。

「女鬼お万、鬼女紅葉とは何者ぞ。ああ晴明殿忘れていた、我は本日、鬼盗賊討伐将軍を拝命致したのだ」

「ゆるりとする暇もなくいきなり本題とは、相変わらずお堅いのう。もっとも、そこが将軍、おことの信頼される所以《ゆえん》であろうがの。ひひ、では占って進ぜよう。ひぃひひひ」

呪文を唱え、中庭の渾天儀《こんてんぎ》（天文観測用具）を使い、夜空を眺めながら言う。

「天頂に在りて白く輝く星、紅葉の星なり。この星暗からずといえども明るすぎず、長く生き延びるや否や定まらず。――艮《うしとら》の方位に赤く輝く大きな星、お万の星なり。此の星明るきこと大いなる。ただし長く続くことはならず、いや定まっておらず。――帝の星、巽《たつみ》の方角にありて白く明るく輝くも、何やら黒雲がかかり急に赤く暗くなりにけり。この星運勢落ちるがその先行き不明」

「帝は病と聞くが、大丈夫であろうのう」

「帝を、朝廷を信じるしかないのう。ところで、紅葉は都では鬼女と言われるが、信濃では貴き女性《にょしょう》と出ている。どちらを信じればよいのか、これではわからぬのう」

「妖術で山を崩し、病人を殺したというではないか。鬼女で間違いないであろうぞ」

「その真偽は、行ってみなければわからないと言われたろうや」

「それはそうではあるが、なぜに、なぜに紅葉は貴きて鬼女たるや」

「うーむ、その答えは簡単ではないのう。いや実は今もってわからぬのだ」

わからない。陰陽師にわからないことが、将軍とはいえ武士にわかるわけもない。だがまてよと維茂は考えた。田舎《いなか》のことなら陰陽師よりも彼の方がよく知っている。

「わかった、わかったでござるよ晴明殿、簡単でござるぞ。信濃の民には文字が読める者がおらず、鬼女も貴女も同じキジョで見分けがつかないと存ずる。すなわち彼の地では、両方が混在しておるのではなかろうか、そうに違いなきぞ」

「な、何とたわいなこと。ひひ、さもありなん。ではもう一度占おう」

晴明が今度は六壬式盤に向かうと、

「おお、紅葉が鬼女か貴女か、会して確かめるべしと出る。鬼女ならば妖術の鬼と力の鬼が合わさり、軍勢は全滅する。貴女ならばこれを助け神仏の教えを乞えと出る。心配は無用。紅葉は貴女でおじゃるよ。紅葉には観世音菩薩の庇護《ひご》がある。その菩薩の教えを乞えということじゃて、貴女紅葉を信じるのじゃ」

「な、何と、これは異な事。儂の受けた命は鬼女紅葉を成敗すること。その相手を助け、教えを乞い、信ずるべしと言われるか。これは如何《いか》なることか」

「信濃の雲に狂気ありて、悪鬼、悪魔の類《たぐい》なる。悪鬼とはお万。悪魔とは天界の魔王に違いなきぞ。お万には魔王、ならば紅葉には菩薩。お万と紅葉が並び立つはずもない。故に将軍の助けが必要となる」

「我に紅葉を助け、菩薩の教えを乞い、天界の、まさか、あの魔王と戦えと申されるのではなかろうな」

「そのまさかじゃ。真の敵は魔王なり。鬼退治とは魔王との戦い也」

「真の敵は魔王とな。魔王に敵う人間などいるべくもあらずや。ましてやましてや、我に敵うことあろうべくもなきぞ。如何に晴明、如何に」

「それがそうでもなしと心得よ。およそ妖術、呪力、法力、念力、覇力などは皆、空なる力であるぞよ。空なる力は地上にありては無力にして、石ころ一つ動かすことも、鼠の子たりとて殺すこと能《あた》わず。天界の魔王もまた然り。恐れること何もなし」

「て、てん、ま、まさか、天界の魔王には、鼠の子を殺すこともできないと申すか。晴明殿、戯《ざ》れ言ではござらぬか」

「いかにも戯れ言ではござらぬ。仮に魔王の妖術にかかる者がいるとすれば、それは人の心の弱さを突いたものにすぎない。心の強き人間は、魔王の妖術などにかかるべくもない。空なる力の手先となりて悪事働くは、愚かなる者の仕業なり」

「鬼も、もののけも妖怪も、空なる力と申されるのではなかろうな」

「人は闇の向こうに恐怖を見る。その恐怖が悪魔を生み、鬼、もののけ、妖怪、妖術を生む。それらは夜が明ければ一様に消え失せる。すなわち空なのじゃ」

「……」

あまりのことに愕然《がくぜん》とした維茂は、体が硬直し、手がわなないている。

世間一般に、妖術も、妖怪、もののけ、鬼なども、ごく普通に身近に存在するものだと、疑いもなく信じられている時代であった。維茂も人の子、例外ではない。

「憑依《ひょうい》という言葉がある。それは霊が命あるものに乗り移ること。悪の名がつく神が、あるいは邪の名がつく仏が、弱き人間に、そして動物に取り憑き、目的を果たそうとすることとなるぞ」

「ではお万にも乗り移っているというのか」

「そう、乗り移る、あるいは取り憑いている、ようじゃのう」

維茂は納得ができなかった。まだまだ神仏が、邪悪の恐ろしさが払拭《ふっしょく》できていない。

「ぼ、菩薩の教えを乞えとは如何なること」

「普通の者には菩薩の声を聞くことはできぬ。霊験あらたかで菩薩の庇護《ひご》の厚い紅葉ならば、菩薩の教えを受けることができる。紅葉に聞くことが肝心」

「どうしても、紅葉に会せねばならぬようじゃが、それはまっこと恐ろしや。会したとたんに妖術で儂の首と胴が離れる、などというようなことは、あるまいの」

「まあ落ち着きなされ、将軍が心を乱しては軍勢の士気にかかわるではないかの。そのような心配は杞憂《きゆう》じゃ。ところで空のものを実と見るは人なるぞ。そのような落ち着きのない心が実を生むのじゃ。たとえばこの腰元にしても然《しか》り」

晴明が手を叩くと、維茂の脇に座っていた腰元が突然消えた。そのあとには小さな紙の人形が転がっている。

「こ、これはまやかしであったか」

「将軍は、まやかしの虜《とりこ》になったのであろう。ひぃひひひ」

「こ、腰元の返事があったぞ」

「返事は私が女の声色《こわいろ》を使って言ったのじゃ。そのときすでに、将軍は空を実と見ている」

「……」

「腰元は式神という儂が作った鬼神じゃ。ただの紙人形にすぎない。将軍の目は紙を映しているのに、心は腰元として見ておる。これは、すでに術にはまりしものぞ。女鬼お万は妖が操っているものとはいえ、中身は人間ぞ。その強さは人間の強さに妖の強さが加わりしもの。女鬼を斃すための方策、それは自ら導くしかない。真実を見つめ、力を制せねばならぬ。心してかかるべし」

「は、ははっ」

「将軍、私は紅葉と話をしたことがあるのじゃ。ひぃひひひ」

「おお、左様でござるか。ど、どのような姫であったのじゃ」

「都にいるとき酒宴の席でのう。それは美しく気立てのよい女房であったのう。霊験あらたかで、深く観世音菩薩を信じておる。あのような者が悪事を働くわけがない。悪い妖術など使えるべくもない。紅葉を信じるのじゃ。間違いなく紅葉は貴女であるぞよ」

「……ほ、本当でござるか。信濃に行けば紅葉に会えるのであろうか」

「ふむ、最もまずいことは紅葉が魔王、あるいは女鬼にさらわれてしまうことだろう」

「そ、それはいかん。もしもそうなったら、どうすればよいのじゃ、どうすれば」

「それを考えるのが将軍の務めぞ。そうそう、将軍にはこの護符《ごふ》を授けよう。貴女紅葉に必ず会うことができるように入魂しておこう。ひぃひひひ」

「おおこれは忝《かたじけな》い。ありがたく頂戴いたす」

　護符はお守りとして多くの人が持ち歩く。中でも晴明の護符はご利益《りやく》があると評判がよく、なかなか手に入らないと言われている。

　その下卑《げび》た笑いを補って余りある晴明の素養は、維茂に限りない勇気と励ましを与えてくれた。が、不安が払拭できていないどころか増加している。将軍維茂の胸は、不安でいっぱいになっている。

「じい、じい、どうじゃ、誰ぞあるか」

「ははっ、三郎は以前信濃に行っておりまする。適任じゃろうて」

「うむ、早々に、いやすぐに呼べ」

駆けつけたのは斉藤三郎実光《さぶろうさねみつ》。左の目の周りに風采の上がらない傷がある。

「三郎、大急ぎで信濃国を見て参れ。晴明殿から言われておることの、紅葉は鬼女であるか、貴女であるかを確かめよ。出立前にこの書付について、検非違使庁から話を聞け。ああそうじゃ、小次郎を連れて行け。儂の軍勢も後から立つ。帰る途中東山道で合流せい」

「はは、ただちに出立致しまする」

光重がつけ加えた。

「三郎、信濃では誰が敵で誰が味方かわからんじゃろう。だから口の軽いお前に忠告しておく。相手が誰であろうと余計なことは話してはならんぞ。軍勢のぐの字も言ってはならぬ。将軍のお名前とか、三百の人数とか死んでも言ってはならんぞ」

「はっ、ご老体お任せくだされい。こう見えても我は口が堅いのでござるぞ」

「お前は女に弱い。話しているうちに手玉に取られぬようにせよ」

「ははは、女のたわごとなどものの数ではござらん。ご安心下されい」

「帰りに、内密に戸隠に回り、隠れた平将門の残党をさぐるのじゃ。このことがお前が信濃に行く真の目的なのじゃ。絶対に誰にも話してはならぬ。でないとお前の命も危ないし、軍勢の行く末にも良いことはない。よいな」

「ははっ。我、密命を拝し、万一意に適わぬときは、この腹、掻っ捌《さば》く覚悟で参ります」

「うむ、よくぞ言った。お前は将軍の次席じゃ。将軍に何かあるときは、お前が軍勢を指揮するのだ。よいな、抜かるでないぞ」

「ははっ」

検非違使庁におもむいた三郎は、書付を受け取り説明を受けた。

「経基公のことはここに書いてあるとおりじゃ。わからんときは小次郎に聞くのじゃ」

「はは、心得ましてござります」

日を置かず、三郎と従者を入れた三名が軍勢に先立って出立した。その後、維茂は旗下を中心とした手勢三百の招集を行った。

三

武士が供を連れて、日向村田堵平蔵を訪ねてきた。

「都より参りし三郎と申す。平蔵に鎮守府将軍より書状がある」

赦免状
信濃国日向村経基妻女紅葉及び腰元やえ　両人流罪の砌《みぎり》一年を過ぐ　拠ってその罪を免じ帰京を許す
応和元年（九六一年）十一月吉日　鎮守府将軍源経基

紅葉とやえが呼ばれた。小太りの武士は左目に風采の上がらぬ古傷があった。

「あ、お侍はんは梟に目をつつかれて、痛くて声を出して泣きはった数馬はんでっしゃろ」

十年近くも歳月が過ぎているのに、やえにはすぐにわかった。

「ははっ、実は数馬という名は、恥ずかしきことにて偽名でござった。いえございました。真の名は三郎と申します。奥方様にお知らせがあって参ったのでございまする」

「どうやら、狂った狼の病気は大丈夫だったようで何よりじゃ。無罪放免となった暁《あかつき》には、この子経丸をお館様にお返ししなければならぬのじゃ」

「それが奥方様、鎮守府将軍源経基公は八年前に身罷られました」

「えっ、な、何じゃとう。何を言っているのじゃ。この書状は何なのじゃ」

紅葉が赦免状をあらためて見直すと、日付が応和元年（九六一年）とある。八年前のものだ。

「奥方様が信濃に来られた翌年の冬のこと。書状は経基公本人のもので、ご存命中に書かれましてござりまする。公は一年で奥方様を都に戻されようと致されましたこと、間違いございません。その後公は同年十一月十日、病により身罷《みまか》られたと届けられておりますが、毒を盛られて殺害されたことが、今年の春になって判明してござりまする」

「な、なんじゃとう。何と、本当のことか、嘘ではないのか。嘘であろう」

「真のことにござりまする」

「何ということじゃ。わらわはお館様に、この子をお返しするために生きてきたのじゃ。お館様が身罷られていたとは信じられぬ。お館様はわらわを都に呼び戻すと約束してくれたのじゃ。わらわは都に帰りたい。帰ってお館様といっしょに暮らしたいのじゃ」

紅葉はひとしきり大声で泣いた。

「局や、局に毒を盛られたに違いあらへん」

「やえ殿の言われるとおり、公を殺害したとして、局良子と腰元秋子が縛についてございます」

「なぜにお館様に毒を盛ったと申すか。またなぜ今ごろになってわかったのか」

「経基公は奥方様を呼び戻すため、局良子にお暇を出すことにしたのです。良子は逆上し、腰元秋子に命じ公に毒を盛り殺害におよびました。殺害の事実はだれにもわからず、公亡きあとも良子は公のご嫡男満仲様の温情をもって、お屋敷にとどまっていました。今年になって腰元春子が部屋を片付けていると、偶然にも、御台様の仏壇の中から、奥方様ご赦免の書状を見つけたものです。良子の悪だくみを察した公が、殺害される間際に隠したものと思われます。春子はこの書状を証拠に、公の殺害、秋子が毒を盛るところを目撃したと、人をとおして検非違使に密告したものです」

「春子が訴えてくれたのか」

「秋子は厳しい取り調べを受けて白状し、良子も殺害を認めました。さらに御台様殺害についても認めております。申し上げ難きことながら、秋子は、御台様と奥方様の話を立ち聞きし、良子を笑っていると告げ口しました。良子は御台様を恨み毒を盛って殺害し、罪を奥方様になすりつけ、お館様に成敗させようとしたのです」

「何じゃと。いっぺんに二人の邪魔者を片付けようとしたのか。ではひょっとして、わらわが川に落とされたのも、良子がわらわを殺そうとして、秋子に命じたことではないのか。そのあと毒を盛られたことも良子の命に違いない。あのときは、やえのお蔭で、なんとか生き返ることができたのじゃ」

衝撃的な内容だった。経基そして御台所、ともに良子に殺害されたことが明らかになった。二度も三度も殺されかけた紅葉は、信濃に流罪になったことで良子の毒牙を免れた。流罪になっていなければ、あるいは彼女の毒牙にかかっていたやも知れぬところだった。紅葉は生まれたときから魔王に命を狙われている。良子は魔王に取り憑かれていたわけではない。したがって紅葉は両方から命を狙われていたのだ。いまのいままで気がつかなかったが、よくぞ無事に京の都から脱出できたものであった。

「すべては、良子自身が御台様にとって代わろうとして、行なったことが明白です」

「なんやて、お方様が御台様にとって代わろうとしやはったと訴えたのは、良子ではあらへんか。まったく逆さではあらへんか。何という卑劣な女や」

紅葉には御台所の目を盗んで、春子と箏を弾いた日々が思い出される。

「あの春子がのう……」

「でも、お裁きのとき、春子のうそで流罪となりはったのや。お庭の騒ぎのときあての隣におったのや。あそこからはお方様のお腹は見えやへんどした。あんなうそなどつきはって、許さんのや」

「そういえば、おどおどしていたのう。お裁きのときすでに灌厳と良子に脅されていたに違いない。その仕返しに密告したのであろう。わらわへの罪滅ぼしのつもりだったのじゃろうて」

「やっぱり、春子は灌厳に脅されていたのや。すると春子はあの赦免状のこと、もっと早くから知っていたのかもしれまへんな。そうや、仏壇に隠したんはお館様やのうて春子やったんやないやろか」

「きっとそうに違いない。春子が機転を利かせてくれたおかげで、本当のことが明るみに出たのじゃ。お館様が身罷られたどさくさにまぎれて、良子の手に入ったならばもう取り返しはつかなかったろうて。良子は灌厳の女となって、言いなりになっていたのは知っていた。さらに春子も灌厳の女にされていたのであろう。わらわが信濃に追われて以来九年間もの長き間、灌厳の監視のもと、いや灌厳の仕返しを恐れて、訴え出ることができなかった。灌厳がわらわを殺すために屋敷を抜け出たため、ようやく訴え出ることができたのじゃろう」

「悪いのはすべて灌厳なのや」

「いいや、わらわのせいじゃ。お館様がお命を奪われたのは、わらわの和歌のせいなのじゃ」

「お方様の和歌のせいやて、それは一体どのようなことでおますか」

　果つるとも君を思ひて紅葉舞う遥けき国の雲の切れ間に　　紅葉

「と詠んだのじゃ。今考えてみれば、誰にでもわかる失敗作じゃった。お館様もすぐに気がついたことでしょう。ああ、わらわもうっかりした。直せばよかった。一言変えれば何でもなかったのじゃ」

「どこをどうに変えるのでっしゃろか」

　果つるとも君を思ひて紅葉舞う遥けき国の雲の間に間に　　紅葉

「切れ間が悪かったのどすか」

「そうじゃ。これから遠く離れるというのに、切るなどという縁起でもない言葉を使うのではなかったのじゃ。お館様はわかっておったのじゃ。だから何も言わなかった。お館様が出ていかれるとき、何度も何度も振り向いたあの悲しそうなお顔は、今生の別れを予感したためのものであったのだ。ああ、お館様、申しわけございませぬ」

ひとしきり声を出して泣いた紅葉とやえの話に、三郎が割って入った。

「公が身罷られたときから今日まで、訃報を公のご長男満仲様をはじめどなた様も、奥方様に伝えようともなさらなかったようです。残るは灌厳です。実は良子と秋子の処罰はまだです。二人の自白は、すべて灌厳に脅されて行ったものと言っております。検非違使は、この春から行方が知れなくなった灌厳を探しております」

「灌厳は死んだ。この手で御台様とお館様の仇を討ったのじゃ」

「まことでございますか」

「そうじゃ。鬼無里で死んだのじゃ。それにしてもわからん。灌厳はわらわを殺しに来たと言った。今際《いまわ》の際《きわ》に言ったことじゃ、嘘はあるまい。どうして今頃になって、わらわを殺さねばならぬのじゃ」

「はっ、それも検非違使が良子に自白させております。灌厳の仲間が戸隠から大宰府に行く途中で京に立ち寄り、奥方様の存命と経基公の一子経丸様の存在を灌厳に耳打ちしたのです。奥方様親子が都に帰ってきたら、経基公と御台様の殺害の真相が明らかになるかもしれず、良子は満仲様に暇を出されるかもしれません。彼女はあの屋敷以外に行くところがないそうです。そこで失礼ながら、急ぎ奥方様を亡き者にする必要があったのでございます」

「そのような手前勝手な考えで、人を殺《あや》めようとはのう」

いっときほど、村でお万のことを聞きとった三郎は、紅葉に帰りの挨拶をする。

「奥方様、用向きの終わりにつきまして、これにて失礼仕ります」

「お待ちなされ、まだ終わってはいないであろう」

「え、いいえこれだけでござりますれば」

「ほほほ、三郎殿は、嘘をつくのが下手のようじゃ。知らせに来ただけならば、あのような目つきのするどい侍が同道することはないであろう。わらわの呪詛《じゅそ》を調べにきたのであろうが」

丸顔にドングリ目玉のやえが、丸顔にひっかき傷のある三郎を睨む。

かつて数馬こと三郎は、紅葉とやえを京から信濃まで護送した。その間に夜の欲望を抑えきれず、やえに手を出したが、紅葉の呼んだ梟に襲われ顔に傷を負い、やえとの姦通は未遂に終わり、傷の手当までしてもらうという失態を演じた。三郎は顛末を引け目に思い、やえに頭が上がらなくなっている。

「本当のことを言わんと、あてが本当のことを言うでえ」

「ひぇい。ま、まことそのとおりで、さすれば検非違使の小次郎から申し上げまする」

「は、奥方様の呪詛はなかったものとの判断です。そのわけは、御台所様に恩のある奥方様のすることとは、到底思えないこと。ヌエを操るとは、良子が仕組んだ作り話であったこと。奥方様が信濃に来てからは、長きに亘る村と村との争いごとを解決したこと。妖術により山を崩し村を水で流したとは、山の神、川の神の怒りをいち早く伝えて村人を逃がしたことであったこと明らか。毒をもって村人を殺害したと、都に伝わっていることの真実は、良薬を作り、はやり病にかかった者の命を救ったことで、まったく逆であったこと。このほかにもよいことが多々ござります。そのような方が呪詛により人の命を奪うことなど、ありえぬことでござりまする」

「左様か。小次郎殿よき判断にて痛み入りまするぞ」

「し、しからばこれにて」

「だまらっしゃい。三郎殿」

「ひ、ひぇい、ま、まだでございまするか」

「全部話してからお帰りなされ。わらわが鬼女か、貴女か、判断するのであろうが」

「参りましてございます。貴女でございます。そう報告いたしますぅ」

「貴女の話なぞは晴明様のお考えのようじゃがのう」

「ええっ、そ、そのとおりにございます。信濃に居ながらにして、どうしておわかりになるのでございましょうか」

やえも詰問する。

「それだけではあらへんやろが。全部話さんと、本当のことを言ってもええんか」

「ひぇい。それは困りまする。じ、実は都では信濃国の女鬼を退治をするために、軍勢を送る準備がなされております。我は女鬼を斃すのにはどのようにしたならばよいか、下見をするよう命じられました。このあと戸隠郷にてお万のことを調べるつもりです」

「左様か、それですべてか」

「は、はい」

「わらわの目は節穴ではござらんぞよ。少しも隠しだてすることならぬ。すなわち戸隠郷に行くは、女鬼のことのほかに目的があってのことではないのか」

「ひぇい。そのとおりにて、平将門の残党の勢力と、その動向を探るように命ぜられております」

「それで鬼退治には誰がくるんや」

「ひぇい。そ、それは忘れました……」

「もう我慢でけへん。本当のこと、ゆうたるわ」

「ひぇ、わ、わかりました。いえ、思い出しました。鬼盗賊討伐将軍は平維茂様と申しまする」

「何人くらい来るんや」

「ひぇ。えーと、三百、それに雑人原《ぞうにんばら》などが加わり、総勢はその倍くらいになります」

「この地に将門の残党は、長き年月の間に逃げ去ったことなどにより残って居らぬ。敵はお万一人じゃ」

「で、では奥方様、盗賊のことは、考えなくてよいのでござりまするか」

「左様じゃ。戸隠郷に行っている暇はない。厳獄教の獄蓮という僧がお万を殺そうとしたが、逆に二百人もの門弟とともに殺されたそうじゃ。一刻も早く軍勢を遣わしてくだされ。将軍にお万を退治して下されと、お伝え願いまする。頼みますぞ」

「は、ただちに都に駆け戻り、軍勢の出立を促す所存」

「許してつかわすから精一杯働きなはれ。あれ、おらん」

悪童が叱られて隠れ回るように、こそこそと庭に逃げ出した三郎が馬にまたがった。

「梟《ふくろう》には気をつけるんやでー」

「は、ははっ」

逃げるように馬の尻を叩く三郎を、やえは手を振り、笑いながら見送った。

「し、しまった。女ごときに手玉に取られた上に、ぜ、全部しゃべってしまった」

四

八月十七日未明。都では三郎の報告を待たず、鬼盗賊討伐《とうばつ》将軍平維茂が三百の手勢を率いて羅城門をくぐり出立した。この日までには、お万が厳獄教門弟二百人を殺害したことの知らせは、まだ都に届いていない。急いで編成した寄せ集めの手勢の中には、荒くれた侍大将に、荒くれた侍もいた。光重も心配する。

「いくら人が足りないといっても、あのようなどこの何だかわからないような輩たちを、侍大将にしなくてもよいものを」

討伐の相手は身の丈八尺にして、矢も槍も刀も縄も効かず疲れを知らないという。どこまで強いのか計り知れず、打ち取る算段のない悪鬼である。さらにその悪鬼を手下にする鬼女がいる。その妖術はどこまで強いのか計り知れない。

「殿は鬼を退治できるのであろうかのう」

ほかの重臣たちも同じ心配をしている。軍勢の総帥、将軍維茂にも不安の色が隠せない。彼の不安の相手は魔王だった。

「魔王とまともに戦って、本当に勝てるものであろうかのう」

羅城門の外にある魔王神社にさしかかると、稲光とともに空を砕かんとするかの雷《いかずち》が落ちた。激しい雨が地面を叩き、軍勢が浮足立つ。と維茂が叫ぶ。

「これしきの、ええいこれしきの雷鳴に驚いているような軍勢では、鬼を退治などできぬ。じい、じいはおらぬか、じい、じい」

「はは、ここに」

「じい、この魔王の神社と、羅城門を焼け、焼き落としてしまえ」

「ええ、み、都に火を放つのでござりまするか」

「そうだ、早くしろ、はやく。冷血無比な輩を使うのじゃあ」

「は、はは、ただちに」

打ってつけの男がいる。小次郎の弟、軍勢一の侍大将藤堂小五郎玄信《くろのぶ》である。

「小五郎、殿の命である。魔王神社と羅城門に火を放て」

「はっ」

細面に鋭い眼光の、兄小次郎とともに、生まれてこのかた人前で笑ったことのない冷たい顔は、返事をするが早いか郎党とともに姿を消した。あの行動力は光重や三郎などにはない。加えて小五郎の剣は維茂をも凌《しの》ぐと言われている。

　魔王神社に火の手が上がるのと前後して、羅城門も黒い煙を上げた。

　将軍補佐役、比叡山庵山寺《あんざんじ》の僧然慶《ねんけい》が聞く。

「殿、なぜ魔王神社とともに、羅城門にまで火を放ったのでござりまするか」

「うう、この雷雨魔王の仕業に違いなきぞ。相手は魔王じゃ、お、恐ろしい魔王じゃ」

「火つけの罪は重いものになりまする。如何に」

「たわけたわけ、生きて帰れると思うておるのか」

　維茂が怒鳴りつけると、浮足立った軍勢に緊張が走った。

　小五郎が戻ると雷雨も火も消えてしまい、びしょびしょに濡れたはずの軍装も乾いている。羅城門も神社も元の威容を保っているではないか。

「どうじゃ、どうじゃ皆の者、これで雷鳴も雨風も魔王のまやかし妖術なること間違いなしとわかった。この軍勢は魔王と戦うのじゃ。惑わされることなきぞ」

「おう」

　軍勢は勢いを得た、とは言えなかった。将軍の檄を半信半疑の軍勢にとって、魔王と戦うことは恐ろしいことであった。

色づき始めた山々の合間を縫うように、鬼盗賊討伐軍勢は東山道を東に下っていく。だがその足取りは粘土質の田の中を歩くように、重い。

軍勢が飛騨国衙に到着し信濃国の情勢を聞くと、戸隠郷の厳獄《げんごくきょう》教門弟二百人が、女鬼を退治に向かい、逆にお万一人にやられ、全滅したという知らせが入っていた。

驚愕《きょうがく》の知らせは、そうでなくても怯えている軍勢の足元をさらに揺るがせる。将軍維茂からして震え上がり、早口でまくしたてた。

「お、お、女鬼お万一人に二百人もの修行僧が殺されたと申すか。それほどまでにも、つ、強いのか」

「はは、生き残った者わずか」

驚愕している暇はない。さっそく軍議を開く。

「絵図面を持て。鬼女紅葉はどこか。お万はどこぞにいるか、盗賊どもはどこか」

「東山道から北へ小川庄の先、飯縄山あり。峠を下ると山影村、鬼無里、東に荒倉村あり。北に荒倉山ありて、さらに奥、戸隠山の麓に修験者村と盗賊村があります」

「鬼無里の北、一夜山あり、その西に日向村、山影村あり。我が軍勢は小川の庄から峠を下り山影村から鬼無里へと歩を進めます。陣を張るは、盗賊村の前に荒倉山ありて、その手前鬼無里が適でございます」

「荒倉山山中、どこかに敵の塒《ねぐら》ありて、その山が戦いの場となること必定」

進言に頷いた維茂が言う。

「まずは敵の勢力がどれほどのものか測ることが肝心。ではあるが、鬼女紅葉と盗賊に気を取られていると女鬼お万にやられてしまう。如何にしてお万を斃すか。どうすればよいのじゃ、どうすれば」

「お任せあれい、我のこの矢一撃でお万の頭撃ち抜いてみせましょうぞ」

「この長槍にて我が膂力十人力を試さんぞ」

「相手はたかだか鬼一匹のみ、ほかの盗賊はものの数ではあり申さん。三百の軍勢、数で一気にお万を斃せばことは簡単ぞ」

口々に出る威勢のよい言葉を、維茂が制した。

「お万は、一人で戸隠郷の修行僧二百人を全滅させた手強《てごわ》い鬼であるぞ。勅命でも、身の丈八尺にして目方百貫、矢も槍も刀も、縄までもが役に立たず疲れがないとあった。さらにそのお万を手下にしてしまう鬼女紅葉の妖術がある。まずは力の鬼を斃《たお》さなければならない。心せよ。弱点はまだわからず、まともに戦っては勝ち目がない。急ぎや焦りは禁物じゃ。でないと坊主どもの二の舞になってしまうぞ。よいか焦ってはいかんぞ。よいなよいな、先駆けなど決して、決して行ってはならんぞ」

将軍の膝が小刻みに揺れる。こめかみに青筋が浮かぶ。朝廷は力の鬼よりも妖術の鬼を恐れる。軍勢には妖術よりも力の鬼の方が恐ろしい。矢も槍も刀も縄もだめで疲れがないとは、どうやって斃せばよいのか。軍勢の力がすべて役に立たないとは、それでは軍勢は全滅するしかない。威勢のよい空威張りも消え、皆絶望感に包まれている。

軍議が終わりになるころ、都から文が届いた。

帝ご退位を表されし
巽の方角　帝の星色淡く　未だ黒雲の中に在り　　晴明

維茂は書状をしばらく見つめていた。何か退治の手掛かりが書いてあるような気がした。が、わからない。

――帝がご退位されても、たとえ崩御されたとしても、勅命が消えるわけではない。新しい帝のために、何としても鬼を討ち取れ。というか。

手が震えている。何度も読み返し、紙の裏まで穴の空くほど見つめた。が、やはりわからない。その後ため息とともに、黙って書状を燈台の餌食とした。

――どうしたことか。三郎、早く参れ。

深更、何事にもめげない荒くれ武者たちはまだ酒を飲んで騒いでいる。毎夜始末に負えない。将軍維茂は好きなようにさせているが、都を出て以来、酒を控えているほかの侍たち、特にまじめな小五郎たちは歯噛みしていた。軍勢は必ずしも一枚岩ではない。


翌日午後になると、信濃より引き返した三郎と小次郎が軍勢に合流し、とある寺院の堂内で再び軍議が開かれた。軍議は将軍を要《かなめ》として、軍勢の重鎮から順に各侍大将、急ぎ集められた荒くれ侍大将たちまでが円になって座り、各々が自由に意見を出せるようになっている。円座に加わった三郎が、報告する。

「殿、お万討伐に全力を挙げるべしと、鎮守府将軍奥方様の言葉でござりました。奥方様はお味方であり、敵ではございません。彼の地には将門の残党は、もう残っている者は、いないそうでございます」

荒くれた侍大将たちは声を揃えた。

「そのようなことはあるまい。力の鬼お万は鬼女紅葉の手下と聞く。その鬼女の言うことなど信ずることは何もなし」

「鬼女紅葉は軍勢に、自分を攻撃しないで、お万を攻撃するように言った。間違いございらぬか、それこそ鬼女の思うつぼでござるぞ」

「鬼女は毒を飲ませ、風を起こし、雨を降らせ山を崩し、村を流したというぞ」

三郎もだまってはいなかった。

「そ、そのようなことはありませぬぞ。逆に良薬でもって村人を救ったといい、都に届いた知らせは、何かのま、間違いではありませぬかのう」

「三郎、お前の言葉では信じられんのじゃ。小次郎、今の話の真偽はどうなのじゃ」

光重の言葉に小次郎が答える。

「はっ、三郎殿の言、真のことと申し上げる次第。村人に聞いたところ、もう十年も昔、紅葉様が奥信濃の村に着いたころの話では、紅葉様が大雨と洪水、山崩れを起こしたのではなく、大雨で村が流されることを村人に教え、死人はおろか、けが人も出なかったとのこと。また祈祷と良薬により、多くの村人の病を治したことも確かのことにて、命を奪ったのではなく救ったこと、間違いなし。そのほかにも二つの村の長年に及ぶ争いごとを解決するなど、よいことを多々行っており、多くの村人が、今でも感謝の心を忘れておりませぬ」

「それでは紅葉が鬼女というのは嘘の話か」

「左様、嘘でござる。紅葉様は気は強いですが、か弱き女性にすぎませぬ。多くの村人に直《じか》に聞いたので、間違いはござらぬ。紅葉様は鬼女ではなく貴い貴女でございます」

「お万が紅葉の手下だというのも、嘘だと言われるか」

「それも嘘でござる。小心者がどうしても軍勢を派遣してもらいたくて放った、戯言《たわごと》に過ぎませぬ。紅葉様は先日、突然村に現れたお万にあやうく殺されかかったそうです」

　小次郎の言に三郎が付け加えた。

「敵はお万ただ一人。ほかのことは考える要もなしと、紅葉様が言っておられました」

「さ、三郎、お万が戸隠の修行僧二百人を全滅させたとは、本当のことか」

「はい、まことの話でございます。紅葉様も将軍に早くお万を退治していただくよう懇願しておりました」

　一座はざわついた。荒くれ武将たちはまだ信じきれない。維茂が口を開いた。

「実はな、儂は都の陰陽師、安倍晴明殿に占ってもらったのじゃ。その言によると、紅葉に会し、教えを乞うべしというのじゃ。紅葉が小次郎の言うとおりの貴女でなければ、鬼女であったならば、軍勢は全滅すると言われておるのじゃ」

「おおっ」

「だが安心するがよいと晴明殿は言う。紅葉は鬼の鬼女ではなく、貴い貴女なのだと」

「ふー」

「じゃ、じゃが肝心のお万への攻め方が、わからないのじゃ。そうじゃ。三郎、そちの見立てはどうじゃ」

「はっ、お万を攻めるには、奸計でいくべきと心得ます」

三郎の答えに荒くれ侍大将たちが攻めの言葉を投げつけてくる。

「なに、謀《はかりごと》など武士のすることではなきぞ」

「恥を知れ」

「奸計はまず一度攻めた折に負けて逃ぐること、再び合戦するもまた負け逃ぐること。三度目もまた逃ぐることにして、敵を欺き油断させ、四度目にお万の首落とすべし」

「殿に恥をかかせ、最後に打ち取る算段はあるのか」

然慶の物静かな叱責に、三郎は答えに窮した。

「お万を斃す、さ、算段は、あ、ありませぬ」

荒くれ侍大将たちも、声が出なくなった。間をおいて然慶が言う。

「この戦いは軍勢同士の合戦ではない。絶大なる強者を倒すための一対一の戦いが連なるものだ。誰が倒すか、何人死ぬかなのだ。受けし傷がたちまち治ってしまう相手を、しかも疲れのない相手を斃す者がいなければ全員死ぬ」

改めて恐怖が座を包んだ。このあとは、然慶も押し黙るしかなかった。

誰もが押し黙った。将軍維茂は黙然と座し、小刻みに膝を震わせている。堂の中は静寂で満たされ凍りついた。咳払いもできない緊張が続き、物音ひとつ出せない。この緊張に耐えきれないものも出てくる。

「…………」

緊張のなかに緊張が走る。沈黙が人の思考を支配する。さらに時が過ぎていく。

「わははは、わーははは」

突然に維茂の若手の侍大将が、大声で笑い出した。

「殿、殿の後ろに、お万がいるぞよ。わーははは、わーははは。儂はお万ぞ、儂はお万なるぞ。皆殺しにしてくれる」

座は大変な騒ぎになった。彼と彼を取り押さえようとする者と殴り合いが始まった。彼は取り押さえられ静寂が戻ったかにみえたが、あろうことか一瞬の隙をつき、小刀を抜いて維茂に斬りかかった。

「儂はお万ぞ、維茂覚悟」

泡を吹きながら斬りかかった侍大将に、剛腕維茂が剣に手をかけるまでもなく、間一髪の間合いを見切っていた者がいる。維茂をも凌ぐと言われている小五郎の剣が、目にも止まらぬ速さで一閃すると、彼のわき腹から肩まで真っ二つになった。

「殿、お怪我はありませぬか」

「うむ」

意外や、維茂は刀と刀のやりとりと、流れた血を見て、逆に落ち着きを取り戻していた。

軍勢の総帥たる自分が震えていては、家臣たちが動揺するのはあたりまえ。責任は自分にあると、あらためて気がついた。

「この男は、発狂したのか、それとも魔王が取り憑いたのかわからん。心せよ、我が敵はお万、そして魔王なり」

ざわつきが収まらない一同が、まだ浮足立っているなか、三郎が声をあげる。

「と、殿、我は信濃との往復で、まだ酒を飲んでおりませぬ。いかがでございましょう、この緊張を解くために酒を振る舞ってはいただけないでしょうか」

酒と聞いて維茂も気が緩む。

「左様のう。緊張の連続では体が持たん。あるいはほかにも発狂する者が出ないとも限らん。じい、酒じゃ。外の皆にもありったけ振る舞って、労をねぎらおうではないか」

「はは、三郎もたまにはいいことを言うものじゃのう」

酒宴は一時の涼風でしかないことは、維茂とほかの者にも、十分わかっていた。が斬られた侍の遺骸を片付ける役目をしている者も、他のだれもが沈んでいる。それを涼風で吹き飛ばそうとするのだ。皆否応もない。

「考えてみれば相手は化け物だ。三郎殿の言、恥ではないのう」

「仕方がないのではなかろうか」

「むやみに数を頼りに攻めれば、坊主どもの二の舞を演じることになるでのう」

皆気持ちよく酒に酔った。場はなごみ、年寄り重鎮も若手も考えがほぐれてくる。

「殿、三郎の考えを取り上げてみてはいかがかと思われまする」

「うむ、ただ血気にはやるだけとは愚か。相手は化け物にして人に非ず。恥を恥と思わず、奸計を使ってみることとする」

酒は打ち沈んだ心を洗い流すには大いに役に立ったが、その奥に恐怖が残っている。

未《いま》だ鬼を打ち取る算段はついていない。

翌日、酒の酔いは消え、再び浮かない出立をした維茂は然慶にこぼす。

「このままで鬼退治が叶うものかのう。矢も槍も何も役に立たないとは、いったい、如何にしたらよいかのう」

「お万は、普通の武器では斃せないのではありませぬか」

「普通でない、のなら、何ならば、何ならば倒せるというのか、お、教えてくれ」

「魔王、悪魔の仕業であれば、菩薩にでも聞くしかありませぬ」

「なに菩薩に聞けと。紅葉には菩薩の庇護があるという。そうじゃ、そうじゃった。まさかとは思うが、三郎、これへ、こっちへこい。急ぐのじゃ」

「はは」

「ただちに紅葉のところへ引き返せ。お万に攫《さら》われるかもしれん。儂が行くまで守っておれ。まてよ、それでは危ないか。いたならば、すぐ、ここまで連れてくるのじゃ」

「ははっ」

「命が危ないかもしれんのじゃ、いそぐのじゃ」

早口でまくしたてる将軍の鬼気迫る姿に、三郎にしては珍しく、すぐさま馬にまたがり供と駆け出した。

## 五

奥信濃は秋の気配が濃い。午後の陽射しが傾きかけたころ、紅葉は庭で薬草の仕分けをしていた。ヨタが激しく吠えるので振り向くと、いつの間にかお万がいる。

驚きのあまり紅葉の髪が逆立つ。村々は、お万の襲撃に備え各所に物見を置き警戒を怠らなかったが、よもや一夜山を迂回して大川の上流渓谷からやってくるとは、

「紅葉ごい」

お万が手を伸ばした刹那、建物の脇から九歳の経丸が飛び出し刀で斬りかかった。

「母上に何をする、えい」

お万は不意を食らい太い腕を引っ込めることもできず、手首に刀がのめり込む。と思いきや、九歳の力では固い腕にはじかれ、かすり傷もつかない。大きな平手が反射的に経丸を掃うと短い悲鳴があがり、頭と胴体が不自然に折れ曲がって頽《くずお》れた。

ヨタがお万の手に咬みついた。お万はヨタの足を掴み地面に叩きつけた。二、三度跳ねたヨタは口から血を流し、倒れたまま動かなくなった。

「つねまるっ」

紅葉が叫びながら揺すったが、反応はない。

「おのれ、お万め」

逆上した紅葉はお万を許せない。すかさず指笛を吹く。

「鳥よ、出でよ」

空を黒くするほどの、あらゆる鳥がお万に向かった。お万は落ち着いている。どこをつつかれても、何をされても、相手が鳥では何の痛みもない。無造作に大鉈を振ると、次々と鳥は斬られ、地面に落ち、這いつくばって死んでいく。鳥は逃げ出すしかなかった。

鳥が失敗したのは、采蔵以来二人目だ。鳥を見て逃げるから負けるのであって、二人のように逃げずに向かっていけば、鳥など人間の敵ではない。

お万は紅葉の腹を片手で掴んで抱えた。

──苦しい。この前来た時はいきなり殺されかかった。こんどは連れて行かれるのか。命が繋《つな》がったのはよいが、私をどうしようというのだ。

おばばがいた。両手をひろげお万の前に出ると、

「待つのじゃ。お万、おめえは鬼子じゃ、鬼の子じゃ。生きていてはいけなかったの

じゃ。定丸、さだまる、鬼子を殺せ、お万を殺すのじゃ」

「おばばはーん、逃げなはれ、にげるのやー」

遠くから、やえが必死で呼びかけている。おばばはお万を見上げて言う。

「定丸はわしの子じゃ。おめえはわしの孫じゃ」

「……」

「おめえは采蔵を殺したな」

「おばば帰るのじゃ、おばば来てはいかん、帰るのじゃ」

苦しい中やっとの思いで叫んだ紅葉の声も聞かず、おばばは逃げなかった。

「こらお万、けえせ、わしの、わしのでえじな采蔵を、けえせ。けえしてくれえ。庵邪羅誉陀羅、摩訶曼荼羅華、庵邪羅誉陀羅、摩訶曼ギャッ」

お万の足がおばばを踏み潰した。

「おばば、おばば、お方様、お方様」

飛助が泣き叫ぶやえを抱え、内裏屋敷に逃げ込んだ。

おばばを踏み潰したお万は紅葉を掴み、無言で村を離れていく。愛しい我が子を失った悲しみに沈む暇もなく、紅葉は声も出せず、自分が握り潰されるのを必死でこらえるしかなかった。

村人はこのようになったとき決起し、救い出しに行くことを、紅葉自身からきつく止められている。武士をめざしていた経丸も、お万を見たら逃げるように口酸っぱく言われていた。だが、母の危機に際し逃げるわけにはいかなかった。経丸は立派な武士であった。

村の若い衆が刀を腰に集まってくる。

「さっさと奥方様を助けに行くだ。もっと人数を集めるだ」

「んだんだ」

「待つのじゃ。ええか皆の衆、奥方様から、女鬼にさらわれたら助けに行くことなど、絶対にやっちゃあいけねえと言われておるのじゃ。相手は鬼じゃ。行けば必ず死人が出る。だけんども奥方様も死ぬと決まったわけじゃあねえ。きっと無事に帰えって来る。わしらにできるのは祈ることだけなんじゃ」

血気にはやる村人だったが、平蔵の説得にしぶしぶあきらめた。

やえは紐の切れた笛を拾った。紅葉がいつも首から下げているさきの篠笛だった。

地面に叩きつけられて口から血を流し、まったく動かないヨタ犬を、飛助が抱え上げた。会津を出てから、いつの間にか十二年も経ち、毛並みもすっかり悪くなっている。生まれたときから臆病な犬で、役立たずのヨタ犬と呼ばれた。よりによって鬼に咬みつくとは、どこにそんな勇気があったのか。

「よくやったぞヨタ。死んじまったか。もっと餌をくれてやればよかったなあ」

つぶやきながら無残にも折れ曲がった後ろ足を掴むと、かすかな呻き声が聞こえた。

翌日、お万の手下どもが内裏屋敷にやってきた。

「おい、やえってえ女はいるか」

「やえはあてや。あんたはんは誰や」

「おらは権ちゅうもんじゃ。紅葉様の着替えさ寄こせ。お万様の言いつけじゃかんのう」

「お方様はご無事であらはるか。お方様を返すのじゃあ」

「そんなこったあ、知ったこっちゃねえ。何でもええからええ着物さ出して、このかごに入れるんだ。早くしろい」

やえと飛助は紅葉の荷物をまとめた。一番艶やかな袿《うちぎ》から単衣《ひとえ》に小袖、襦袢と腰巻に山を歩く藁沓《わらぐつ》と市女笠、大切な懐剣と護符まで入れると、権と手下どもが運んでいった。

「あかん、さきはんの篠笛を、首にかけとって入れるのを忘れてしもたわ」

お万と盗賊一味は、峠の洞窟から荒倉山の中腹にある洞窟とその周辺に移っていた。紅葉が連れてこられて二日が過ぎている。その顔に疲労の色を隠せない。

――許しておくれ、経丸。父笹吉、母縹は命を捨てて私を守ってくれた。私は経丸を守ることができなかった。

紅葉が父笹吉に、小さいときから繰り返し言われてきたのは、ご先祖様の仇を討つことだった。笹吉にできなければ紅葉に託し、紅葉にできなければ子に託さなくてはならない。その子の方が先に死んでしまった。この後は紅葉が自ら都に上って仇を捜し、討たなくてはならない。それよりも何よりも、自分の命が明日をも知れぬ。

――お万は前に来たとき、いきなり私を殺そうとした。今はなぜ生かしておくのだろうか。理由があるはずだ。私に、紅葉という名前に何かしらの利用価値があるのだろうか。無ければ、或いは無くなったら、きっとすぐに殺されてしまう。

憎きお万が鼾《いびき》をかいて寝ている。今だ。紅葉は覚悟を決め、懐剣を抜いた。

――父上、申し訳ないけれど、ご先祖様の仇討ちは、できそうにありません。お許しください。この先、生きてこの山を下りることができたならば、生きて京の都に戻れたら、そのときは紅葉が何歳になろうとも、仇を捜して討ちます。今は経丸の仇を討ちます。

お万の横に立ち、震える手で御台所からもらった懐剣を力いっぱい振り上げると、その手が盗賊に掴まった。驚く紅葉に名も知らぬ盗賊が囁《ささや》く。

「しー、刀を三本突き刺しても、びくともしやしねえ。やった連中はすぐ殺されっちもうた。だからやめてくだせえ。それに逃げたって、不思議だけんど、どけえさいるかわかるんで必ず殺されっちもうだ。これはおらが預かっときますだ」

懐剣は名も知らぬ盗賊に取り上げられた。

――軍勢が都から信濃に向かっていると、三郎が教えてくれた。お万が私を村に帰してくれるわけはないし、助かる道は軍勢の将軍がお万を斃すことしかない。それがどんなにか困難なこと、儚《はかな》い望みであることか。いつまでも経丸を思って泣いてばかりはいられない。考えを変えよう。今は盗賊一味の中に溶け込み、お万の信頼を得ておかなければならぬ。生きて村に帰るまで。将軍が助けに来てくれるまで。

神棚の下で酒を飲んでいるお万が、濁った声を出した。

「紅葉、おめえをづれできたんは盗賊どもの大将にずるためだ」

「なんですと」

「おめえは鬼女だ。おめえが大将なら盗賊どもが黙ってゆうごとをきぐだ。ごいつらはおだ（おら）を女鬼だつって見ただげで震えちまって、おだから逃げようどしでる。魔王は都がら軍勢がおだをぶっ殺じに来るっつうんだ。だがらおめえが、ごいつらをまどめるんだ。わがっだな」

「わかった。そうしよう」

紅葉は開き直った。大将だと言うなら、卑屈になることはないと。

——お万はほんのわずか私を見ただけで、村を統べていると見抜き、盗賊の大将に相応《ふさわ》しいと判じた。紅葉には人は殺せぬと言った。お万は愚かではない。それどころか瞬時に奥まで見通す眼力は人間離れしている。どこへ逃げてもわかってしまう力があるという。それらは皆、魔王の力であろう。魔王が取り憑いているに違いない。でもおかしい。魔王の敵は菩薩様。その庇護のある私を生かしておくわけがないであろうに。今までも何度か命を狙われてきた。なんで生かしておくのであろうか。だいたい魔王が私を殺そうとしても、他の人間にやらせるしかないようだ。魔王は自分で殺すことができないのかもしれない。そうでなければ、とっくに殺されている。今度はお万に私を殺させようとしてるのに違いない。

横になった紅葉は黙然と考え続け、閃《ひらめ》いた。

――そうか、わかったぞ。お万と魔王は仲が悪いのじゃ。お互い意地を張りあって威張りたいのじゃ。今頃魔王は紅葉を殺せ殺せと、さぞかしうるさいことであろう。お万は駄々をこねて言うことを聞かないのじゃ。したが、お万の気分次第で、私などいつでもあっという間に殺されてしまう。安易に逆らうこともできないのう。


山での行動は自由だった。逃げたり裏切ったりさえしなければよい。洞窟は南の谷に向いている。東に斜面一つ下ると平らな広場があった。周りに盗賊が集結し、いくつかの山道ができている。ここに百人からなる盗賊の一団が屯《たむろ》している。都からの軍勢に備えているのだという。

「これ、ここは何というところなのじゃ」

「へえ荒倉の山で、ここから下は荒倉村でごぜえやす」

「鬼無里はどっちかえ」

「へえ、この荒倉山を西の方と南の方に下れば鬼無里でんが、巽《たつみ》の方（東南）に下れば荒倉村で、北の方に下れば戸隠郷でごぜえやす」

「巽の方向、遠くに見える家々はどこじゃ」

「へえ、信濃国《しなののくに》でごぜえやす」

崖下から東に向かって広大な風景が広がっている。遠く信濃国の町並みが一望できた。

内裏屋敷は主の紅葉がいなくなると、まるで空蝉《うつせみ》の館のようであった。やえは何もする気になれず、ごろごろしている。信濃に来てからすっかり竹職人となり、いつも籠を作っている飛助も、竹割り鉈を腰につけたまま、隻眼を閉じて居眠りをしている。

やえの一日は紅葉に尽くすこと。それが天涯孤独の身の生きがいであった。にぎやかな経丸がいない。おばばもいない。気持ち悪い采蔵もいなくなった。紅葉がこのまま帰って来ないなら、これから一生、空蝉のような日々を過ごさなくてはならなくなる。口数の多い彼女の相手は、無口な飛助しかいない。彼のへんてこな顔をよく眺めてみると、おもしろい。左の目は縦に刀傷が伸びている。鼻筋はまっすぐ通って潰れた逆三角形になっており、その先端に下唇がくっつき、下の犬歯が牙のように二本出て唇を噛む。いくら見ていても厭きない。それでも今は笑う気にもならない。

「お方様は無事なのかえ。お方様は、お万に殺されるんじゃあらへんやろか。心配で心配でたまらへんのや。飛助はん、お方様を助けに行くんや」

「そんなごとしたら、お嬢様が許してくんねえがな」

「あんたはんは許してもらったことがありまへんがな。あんなに尽くしてはるのに、なんで許さん、許さんって怒るんでっしゃろ。いったいどうしてなんや、話してえな」

「へえ」

隻眼が虚《うつ》ろに遠くを見つめ、めずらしく自分のことを話し始めた。

「おらのお父とお母は、越後の奴婢だったで。二人とも奴婢の市場で売れ残って死にそうで、河原の躯《むくろ》場に捨てられっちもうところを、お嬢様のお父上、笹吉様に助けてもらったんでごぜえやす。だからおらは一生恩返ししなくっちゃあなんねえ。お嬢様にはどんなに許してもれえなくったってええ、それがおらの役目なんでごぜえやす」

「……」

沈黙の中、しばらく重苦しい空気が流れた。どたん、ばたんと、音をたててやえが飛助に飛びついた。

「飛助はん」

「あ、やえ様いけんですと。おらは下人だで」

「ええんや、あては淋しいんや」

「ひぇー、御嬢様、ゆるしてくだせえ」

六

洞窟で盗賊の物見が報告している。

「お万様、軍勢がこっちに向かってきますだ」

「なに、都の軍勢に間違げえねえが」

「へえ、よくわかんねえだ」

「なんでわがんねえだ」

お万は大声とともに飲んでいた汁を物見にかけた。

「うわー、あちちちち、ちくしょう」

「なんだど」

お万が立ち上がりかけた。「お万に怒られたら殺される」すでに十人を超える盗賊が殺されている。物見は青い顔になり逃げ出そうとした。そのとき、紅葉が大声を出した。

「お万殿やめなされ、落ち着いて話を聞きましょうぞ」

洞窟に緊張が走った。今までお万に意見を言った者はいない。逆らえば殺される。

舌打ちをしながら、お万は元の座に着いた。洞窟に安堵の空気が漂《ただよ》う。

紅葉が言う。

「軍勢は朝廷が遣わしたものであろう。こちらの国司は軍勢を出す力がないようじゃ」

「なんでそったらごった、わがるんだ」

「国衙の侍を痛めつけてから、一月半ほどたっておろう。国司が都に文を出し用意を調えて一月、軍勢が都から出陣して半月じゃ。ちょうどここに着くころじゃ」

一同は驚いた。盗賊の中にはそのような計算ができる者はいない。

「そうが、都の軍勢などひとひねりでやっづげでやる」

「お万殿、軍勢の人数を聞かなくてはなりませぬぞ」

「そうだな、おい何人ぐれえいるんだ」

「へえ、たくさんいたで」

「たくさんではわからぬ。馬は何頭くらいじゃ」

「馬は、百まではいねえだ」

「それならば、さほどは多くない。せいぜい二、三百、雑人、炊出し人足などまでいれても五、六百であろうて。攻めてくるのは明日か明後日の朝。巽《たつみ》の方角から来るじゃろう」

一同の者はまたまた驚いた。相手の様子が手に取るようにわかる。紅葉は盗賊たちに神様だと信じられ、崇められた。


次の日、広場に集まった盗賊を見回した紅葉は、高台の上から声を張り上げた。

「皆の者、わらわは鬼女、紅葉なるぞ」

「ほおー」「ひぇー」「へー」

喊声《かんせい》は統一されておらず、いろいろな声がした。

御台所から貰った朱の袿に身を包み、下腹から成熟した女の大声を出す。お万の濁声《だみごえ》ばかり聞かされている盗賊たちは、力強く威厳のある美声に耳を洗われ、美々《びび》しい着物に目を奪われ、心地よいため息をついている。大将になるにはそれなりの強さが必要。鬼女紅葉が大将に最も相応しいと、印象づけなければならない。

「我に攻め来る軍勢、悪なり。是即ち我住家《すみか》を荒すことなるぞ」

「ほおー」「やー」「えー」

「我ら力を合わせ悪に立ち向かわん」

「ひぇー」「ほおー」「おー」

「逞しき者たちよいざ行かん」

「ほおー」「おー」

紅葉の一言一言に盗賊たちのため息が漏れ、だんだんと大きな喊声《かんせい》に変わっていく。

「必ずや敵を殲滅《せんめつ》せん」

「ほおー」「おー」

「山を守る勇者たらん者どもよ、いざ行かん」

「おー」

「必ずや都の軍勢を殲滅《せんめつ》せん」

「おー」

「えいえい」

「おー」

「えいえい」

「おー」

お万に打ちひしがれた盗賊たちは、女大将の檄に高揚し、声に陶酔した。はっきりと命を受けるのが初めてならば、鬨《とき》の声が上がったのも初めてのことである。

軍勢は山影神社に本陣を構え、鬼無里の寺に前陣を置いている。前陣から荒倉山に向かった先陣は、荒倉山の麓で盗賊と対峙した。

「我らこそは都より参った将軍平維茂の軍勢成るぞ。盗賊ども神妙にせい」

「やかましい、てめえらに下げる頭は持ってねえんじゃ。とっととけえれ」

「たかだか盗賊の無頼が、天子様の軍勢にどの面下げて盾つくか。このたわけ者どもが」

「のこのこ出てきやがって、女をたぶらかすことしか頭にない助平侍が、命が惜しいか」

両軍はさんざん怒鳴り合い、悪口雑言の限りを尽くした。盗賊には力が漲《みなぎ》っており威勢がよい。お互いに斬り込むと、軍勢は刀を合わせるが、相手を斬らないように達せられている。激しい刀の打ち合いは、暗黙のうちに了解した盗賊も斬るふりをするだけにした。

侍大将が、捕まえた盗賊から紅葉の様子を聞き出している。

「奥方様、紅葉様は無事か」

「へえ、紅葉様はお万様に捕まって、盗賊の大将をさせられてますだ」

「紅葉様は妖術を使うのか」

「妖術、うんにゃ、一度も使ったことはねえで」

「よしわかった。今日は引き揚げじゃ」

「お万様、敵を打ち破り、追い返したでごぜえやす」

お万は上機嫌だ。山は真昼間から盗賊の酒宴となり賑わった。

「さあ飲め、飲んでええぞ」

「おう」

「紅葉様、敵の大将は将軍平維茂《たいらのこれもち》だそうです」

「なに、維茂が将軍とな。平貞盛《さだもり》の子じゃ。昔、将門様は貞盛の軍勢に打ち取られたのじゃ。維茂は将門様の仇ぞ」

一同は紅葉の知識に感心しきりだ。彼女は将門のこと、貞盛と維茂のことなどを三郎から聞いている。またそれ以前に、経基からも繰り返し聞かされており無縁ではない。

酒宴が続き上機嫌のお万は横になる。山の天気は変わりやすい。谷は雲霞で埋まり、天空の庵となった洞窟に、女鬼を操ろうとする悪魔が顔を出す。

「万、紅葉ハ菩薩の化身ゾ、敵ゾ、殺セ」

「こんなもんいづでも殺せる。だげんど、こいつを使って、盗賊どもをまとめねえといげねえ」

「万、紅葉ヲ殺セ。即刻殺セ、今直グ殺スノダ」

「ふん、うるせえ」

鼾をかき始めたお万は、なかなか魔王の思いどおりにならない。


軍勢の一回目の合戦は敗走した。思いのとおりであったとしても聞こえは悪く、このままでは笑い者になってしまう。

維茂は悩んでいた。何とかお万を斃す手段を考えなければならない。晴明は、「紅葉には菩薩の庇護がある。会して菩薩の教えを乞え」と告げた。会いに行こうにも、三郎の報告では、紅葉はすでにお万の手中に入ってしまった。話をすることも、顔を見ることさえも叶わない。

鬼女と女鬼が合わさったとすれば、晴明の占いから軍勢全滅となる。紅葉が鬼女ではなく貴女であるとすれば、そして彼女がその意に反して連れ去られ、お万に使われているのであれば、そこに微かな望みはある。その望みを信じ、敵陣に捕らわれている紅葉に会って菩薩の教えを乞うことが、お万を斃す唯一の手段である。

「然慶《ねんけい》、然慶、教えてくれ。一足違いで、紅葉はお万に連れて行かれたという。晴明殿の占いでは、何としても会わなくてはならないのじゃ。どうしたらよいのじゃ、どうしたら」

「紅葉様はお万に捕まって、大将にさせられているのでございましょう」

「紅葉に、紅葉に会えなければ、どうやって戦えばよいのじゃ」

「菩薩の教えを聞けなければ、経を上げてその教えを乞うてはいかがでございましょうか」

「経、僧でもない儂に経を上げろというか。菩薩の教えではなく、経の教えとは何ぞや」

「それは、空《くう》になることでございます」

「くう、空とは何ぞや」

「空とは何も考えず、何も聞かず、何も見ず、ひたすら読経することでございます」

「読経とは祈願することかの」

「左様です。これが般若心経の経文でございます。短いものですので諳《そら》んじていただきましょう」

「わ、わかった。空になるとは、何も考えないで何も見ない、聞かないで読経するのじゃな。それくらいのこと容易いものぞ」

「それが然《さ》に非ず。空になるとは、いかなる脅威にもいささかも動ぜず、目前に何が起こっても、びくとも動かない強靭な精神力を有することでもあります」

「目前に何が起きても、いささかも動じないのじゃな。そんなことならわけはない。自分は死んだと思えばよいのじゃ。いやすでに死んだも同然なのじゃ」

「それが理解できれば、祈願、必ずや天に届くものでござりましょう。では拙僧の後に続いて読経していただきましょう」

「あいわかった。何も考えず、見ず、聞かず、ひたすら読経するのじゃな」

比叡山庵山寺の僧然慶は、物静かな風貌で、人を見るとき目玉だけを動かす。参謀としての鋭い眼光で軍勢を威圧する。それは将軍に対しても同じであった。

「観自在菩薩　行深般若波羅密多時　照見五蘊《うん》皆空　度一切苦厄　舎利子　色不異空
……」

「観自在菩薩　行深般若波羅密多時　照見五蘊《うん》皆空　度一切苦厄　舎利子　色不異空
……」

維茂にはその意味は理解できないにしても、律儀な性格から、わずか二百数十文字の経文を覚えることは難しいことではない。

二日後、二回目の合戦。軍勢は荒倉山に入った。森の向こうに盗賊が見える。

「盗賊の中にお万がいます」

軍勢に緊張が走った

「維茂出てごい、ぶっ殺してやるぞ」

お万の怒声が響く。軍勢は初めてその姿を見てたじろいだ。身の丈八尺は、人の倍ほどもあろうかというほど大きく見える。筋骨隆々の足腕、熊皮の胴着は筋肉と化した乳房を隠しきれず、大きな尻を包む腰巻は太《ふと》ももの半分に届かない。

二十人が手筈のとおりに矢を射かけた。脳天に、胸に、腹にも矢が当たり刺さったように見えたが、体に弾《はじ》かれて落ちてしまう。通じないと聞いてはいたが、いざ目《ま》の当たりにすると声もない。槍の遣い手の腕自慢が立ち向かった。腹を、背中を長柄の槍は確かに貫いたはずだったが、樫の生木を突いているのと同じであり、余り刺さらずすぐに抜け、柄は折れてしまう。お万の太い腕が大鉈を振ると、武士の首と兜を斬り飛ばし、鎧ごと胴を二つに裂いた。

「退け、退け、逃げろ」

うわさに違わぬ強さはまさに鬼。人間の立ち向かえる相手ではない。軍勢は脅え、総崩れとなって四散した。お万が大川まで追いかけると武士の姿は隠れて見えない。

「将軍は維茂か。出てごい。ぶっ殺ってやる」

森に散った軍勢に返事はない。二十人を超える武士が転がっている中を、お万は周りを一瞥《いちべつ》しながらゆっくりと引き揚げた。


意気揚々と引き揚げてくる盗賊を、美しい鬼女が出迎えた。

「ようやってくれた。皆の者をねぎらおうぞ」

「おー」

「えいえいおー、えいえいおー」

盗賊は紅葉の前で勝ち鬨を上げることがうれしかった。お万以外の大将が痛快であり、凛《りん》として清々しい女の声に酔いしれている。

「また勝っだぞ、さあ飲めいぐらでも飲め、酒がなぐなっだら村に行っで盗っでごい」

七

鬼無里寺にて、一同円座の軍議が開かれている。

「申し上げます。我が軍勢は荒倉山山麓にて敵と遭遇し、敢然と攻め入り奮闘するも、女鬼お万には矢も槍もきかず、二十人討ち死にし、敗走」

「相手は化け物にて、攻め続けていれば死人は尽きず」

「これでは何人いても同じにて、坊主どもの二の舞になるは必定」

「残る攻めは、山ごと丸焼にするか、大穴を掘るかくらいのもの」

「紅葉様は妖術を使ったことがないそうで、盗賊の大将にさせられています」

「盗賊は軍勢と戦う気は持ち合わせておらず、敵はお万一人。その弱点は未だ不明」

　将軍が早口で聞く。

「坊主どもは一晩で皆殺しになってしまった。ではでは本日はなぜに、お万はなぜに途中で引き返したのじゃ。ひ、引き返して、くれたのだ」

「恐れながら申し上げます。将軍がおられなかったからではありませぬか」

「勝てる方策が見つかるまで、将軍は隠れていなければなりませぬ」

「先に、厳獄教と戦ったとき、貫主獄蓮を踏み潰して殺したあとは、一人も殺さず引き揚げたようです」

「生き残った門弟は二十人ほどでございまする」

　一人の貫主を守るために百八十人が死んだ。重苦しい風が円座を冷ややかに舐める。

「なぜになぜに、貫主を、そこまでして殺さねばならなかったのか」

「申し上げます。貫主獄蓮は、初めて対峙したお万を罵倒したそうです。お万は威張り散らす相手には、容赦はしないそうです」

「たった、そ、それだけのことで、大勢が殺されたのか」

何事にも動じない冷たい目をした小次郎が、真剣な顔で意見する。

「お万には魔力が備わっています。魔王の力が乗り移っています。その大鉈《おおなた》は魔剣です。人の力では斃せません。殿、かくなる上は都に逃げ戻るしかございませぬ。すぐに陣を引き払って逃げましょうぞ」

朝廷のお目付け役で検非違使少尉。なによりも出世のことを考えている男であり、生きて帰ることが一番なのだ。同じ兄弟で相貌が同じでも、死ぬことを恐れない侍大将小五郎とは、まるで考えが違った。

「小次郎、命が惜しいか、臆病風が身に染みたか」

「都に逃げ戻る汚名をそそぐことはできるのか。一生できまいて」

荒くれた侍大将の辛辣な言葉が飛ぶ。沈痛な空気が流れる中、彼らだけは元気がある。やわな官人ではなく、武士としての矜持《きょうじ》を持っている。

「そんなことよりも、都に逃げる途中、お万が追ってきたら何といたす」

「おお」

誰かがつぶやいた一言が、一座の言葉を消し、冷ややかな間が空く。ここは将軍が言わねばならない。

「今、お万が都に向かったならば、これを防ぐことはできまい。悪くすれば都は壊滅の憂き目にあってしまう。我らが逃げ帰ることは、即ちお万を都に導くこととなる。公卿たちは本気で、お万が都に攻め入ることを、心配しているに違いない。獄蓮は坊主のくせに、分《ぶん》をわきまえることを知らず、お万を殺すことしか考えなかったのであろう。仮にも我らは都からの軍勢である。悪鬼に降参することも許しを乞うことも、してはならない。だが、勇猛な攻撃だけでは敵わない。時をかけ弱きところを見つけるまで、耐えるしかない」

長い言葉をとぎれとぎれに言った。落ち着いてはいるが、貧乏揺すりは、止むことを知らず、苛立ちも抑えきれない。

「将軍、我らにお任せあれい」

荒くれた侍大将が力強く言う。彼らは真剣であった。彼らには神も仏も、そして悪魔もない。あるのはただ目前の敵と果敢に戦うこと、それだけに命をかけている。ゆえにその行動はおのずと本能の赴《おもむ》くままになる。

「う、うむ」

維茂は浮かない返事をした。

次の日、午後、苛立っているのは将軍だけではない。本陣にはほかにも人はいるが声はない。そんな中で、光重が三郎を罵《ののし》っている。

「三郎、お前は姦通に失敗したそうじゃのう」

「だ、誰がそのようなたわけたことを」

所在無い武士たちが、周りで一斉に聞き耳を立てた。

「お前のその顔の傷がゆうておる」

「この傷は合戦で受けたものでございます。引掻かれたものではありませぬ」

「ほほう、引掻かれたものであったか」

「違います。ちがうとゆうてるではございませぬか」

「では、いつの合戦のときだったか言うてみい」

「う、そ、それは」

「そもそも、お前はろくに合戦に出ておらんのだろうが。誰に引掻かれたのじゃ」

「引掻かれたのではござりませぬ。つつかれたのでございます」

「ほう、お前の出た合戦では、つつくのか。相手は桃太郎の家来だったのか」

小さく笑い声が起こった。大声で笑える状況ではない。

「違います、相手は妖術です」

「妖術じゃとう。嘘ばかり言いおって、お前は以前経基様に請われて、紅葉様を信濃に連れて行ったことがあるのう。相手は紅葉様じゃろうが」

「違う違う、違いまする。腰元の方でござる。ああっ」

三郎は両手で口を押さえるが遅かった。周りの者が声を出して笑った。

「やっぱりのう、腰元に手を出したか。それで首尾はどうだったのじゃ」

「う、し、失敗しました」

「情けのう奴じゃ。今回はあれだけ念を押したのだ。軍勢のことは話さなかったろうな」

「も、もちろんでござる。私はこう見えても口が堅いのでござる」

「ふん、そうじゃったな。ところでじゃな、雑人原は何人と言ったのだ」

「は、三百に雑人原を加えるとその倍くらいと、ああっ」

「やはり話したではないか。おまえが手玉に取られたのじゃ、たわけもの」

「ひ、ひぇい、も、申しわけございませぬ」

「お前は紅葉様のまぬけな館を見たのではないのか」

「まぬけではなく、もぬけです。もぬけの殻でした。すでに紅葉様はお万に連れて行かれた後でした」

「狐ぐらいしかおらなんだのか」

「そのとおり、太った女の狐《きつね》がおりました」

「その女狐《めぎつね》のほかに、狸《たぬき》は居らなかったのか」

「居りました。下人で若い隻眼の男でございます」

額の青筋をピクピクさせて、二人の話を寝転んで聞いていた将軍維茂が、突然立ち上がり大声で怒鳴った。

「たわけ者。それを早く言わんか」


日が西の山に近づこうとしているころ、内裏屋敷に馬のいななく声が聞こえ、平蔵の案内で武者が顔を見せた。

「やえ様、飛助、都の将軍様だで」

「維茂じゃ、紅葉殿の供の者はおるか」

「へ、へえー」

屋敷には腑抜けになった二人がいた。左の額から頬にかけて刀傷のある男が、眠そうに眼を擦りながら、のそのそと返事をすると、寝転がっていたやえが気の抜けた声を出す。

「将軍様あ、お方様をお助け下はれえ」

「紅葉殿はお万に捕まり、盗賊どもの大将をさせられていると聞く。安心せよ。必ずや助け出し連れて帰る。その前に飛助とやら、明日儂が紅葉殿に会いに行く。手筈《てはず》を整えよ」

「へいっ」

屋敷に電撃が走り、二人は跳ね起きた。たちまちのうちに走り始めようとした飛助に、やえが大声を出す。

「待ちなはれ飛助。これを持っていくんや」

やえが首から外した小さな篠笛を渡すと、飛助はつむじ風のごとく姿を消した。

「南無観世音菩薩、南無観世音菩薩」

飛助の背中に向かって手を合わせたやえは、維茂に見向きもせず屋敷に入り、神棚と仏壇に向かった。目を丸く見開き、引き締めた口元から女の太く低い声を出す。

「お方様にご加護を、将軍様にご加護を、飛助にご加護を、飛助をお守りください。

魔訶般若波羅蜜多心経　観自在菩薩　行深般若波羅蜜多時　照見五蘊皆空……」

維茂は瞬く間の出来事に一陣の風を見た。それは、もの憂い胸の黒雲を駆逐せんとする神の風であった。

「紅葉殿にはすばらしい取り巻きがいる」

内裏屋敷を出るとさらに驚かされた。いつの間にか大勢の村人が集まっており、道の脇に一列に並んで端座し、合掌しながら、やえの読経に合わせて紅葉の無事を祈っている。

「将軍様、奥方様を助けておくんなせえ」

「将軍様、奥方様を連れて帰ってきてくだせえ」

皆同じことを言いながら、維茂に向かって手を合わせている。

「相やわかった、必ず連れて戻る。心して待つがよい」

維茂の声に、張りが戻っている。生気が蘇《よみがえ》っている。

――この村は紅葉殿がいなければ空蝉の村なのか。何としても、連れて帰らねばならぬ。何としても、お万を甦さねばならぬ。

紅葉に会えることを確信し、朱に染まりゆく村に背を向けた。

# 八

翌日、軍勢は総力を挙げ、鬼無里から登った荒倉山の中腹に集結した。盗賊が木々の中から対峙する。お万は中央後方に立って軍勢を睥睨《へいげい》している。その横には戦場とかけ離れた、煌《きら》びやかな袿《うちぎ》に身を包んだ鬼女が立つ。

軍勢はお万の姿に恐れをなしたものの、その横の初めて見る鬼女の姿に、息を呑《の》んだ。

「あれが鬼女か、鬼女紅葉か」

勝利の望みもなく打ちひしがれた軍勢は、艶《あで》やかな鬼女に目玉を抜き取られ、声も消された。紅葉の涼声と盗賊どもの喊声《かんせい》が、黄昏《たそがれ》た軍勢に追い打ちをかける。

「都の堀川を流れる、糞土に群がる蛆虫《うじむし》どもよ」

「おー」

「能《よ》く目の玉を擦《こす》り、我が姿を見よ」

「おー」

「能く耳の穴を穿《ほじく》り、我が声を聞け」

「おー」

「わらわは鬼ぞ、鬼女紅葉なるぞ」

「こは信濃、山の民の住処《すみか》なり」
「おー」
「蛆虫どもの、集《たか》る場所に非ざりし」
「おー」
「早々に尻尾《しっぽ》を斬り捨てて、逃げ去るべし」
「おー」
「さも非ざるは、汝《なんじ》ら森の肥土《こえつち》とならんや」
「おー」
「山の民よ逞しき者たちよ、いざ行かん」
「おー」
「雑魚《ざこ》ども一兵たりとても、生きて帰さじ」
「おー」
「生きて帰さじ」
「おー」
「えいえい」

「おー」

「えいえい」

「おー」

聴く者すべて、盗賊も軍勢もが、鬼女紅葉の檄に陶酔した。合戦が始まり両軍の怒号が交錯する中、紅葉は一人、洞窟へ戻った。


お万が前進すると軍勢は逃げ惑い、近寄ろうとする者はいない。盗賊は勇気をもって武士と戦ったが、相変わらず怒鳴り合い、罵《ののし》り合い、刀を合わせるばかりでお互い斬り殺すことはない。

二人の盗賊が一人の武士と斬り合い、武士は木に足を取られて転んだ。二人は罵ったが刀で斬ろうとはしない。そこをお万が見ていた。

「でめえらなんで斬らねえんだ、ごのやろう」

お万が武士を踏み潰すと、二人の盗賊は震え上がった。

「どうするべ、帰《けえ》ったら殺されちもう」

荒くれた侍大将の一隊は、お万に追われ森の出口にさしかかると、竹で作った撒菱《まきびし》を撒いた。お万は素足で撒菱を踏み潰し平然と歩く。足元に突然太い縄が引かれると、足首に縄がかかり、蹴躓《けつまず》いて倒れるはずだが、力強い足は縄を引きちぎってしまった。

武士たちは、大川の川原にあるすすきの原に逃げ込んでいく。武士を追ったお万は川原の手前で、突然落とし穴にはまった。お万の背丈の倍ほども深い穴の中には、するどく尖《とが》った竹槍が十本ほども立っており、すぐさま石や土が落とされた。武士に加え雑人たちも土を運び、穴は完全に埋まった。

「やったぞ、生き埋めにしたぞ」

喜ぶのも束の間、土が盛り上がり、大鉈を持った手が平然と出てくるではないか。

「うわー、まだ生きているぞ。斬れ、斬れ」

斬れなかった。お万が土の中から這い出てくると、数人の武士が大鉈の餌食になり、皆逃げ散るしかない。

川原に出たお万が、すすきの原に入ったところで火矢が飛び、積み上げられたすすきが業火と煙りを吐き上げ、女鬼を呑み込んでいく。

「やったぞ。焼き殺すぞ」

軍勢の歓声が上がるが、その声が消えないうちに、炎と煙のすすきの中から頭と背中に火炎を噴き上げているお万が、平然と歩いて出てきた。髪は赤く燃え、体は半生に焦げた焼き魚だ。

「うわー、まだ生きているぞ。斬れ、斬れ」

荒くれた侍大将の一隊が斬り込んだ。黒焦げのお万が大鉈を振ると侍の体は二つになる。軍勢は悲鳴を上げて逃げ出した。ほかの隊も四散し命からがら藪に逃げ込み、侍の姿は見えなくなった。さすがの荒くれた者たちも、恐ろしさに震えて逃げ回るだけになってしまった。

「維茂、出てごい。ぶっ殺してやる」

火炎は怒りに火をつけた。その火傷《やけど》を負った体は治りかけている。このまま大川を進めばその先には本陣がある。何をやっても女鬼は死なない。軍勢にはもう打つ手がなかった。軍勢壊滅の危機が訪れている。だがたとえ軍勢が壊滅、崩壊したとしても、将軍はお万の前へ出てはならない。将軍は軍勢の象徴だ。将軍が殺られたら、次は都が危ない。

お万が大川を遡《さかのぼ》り始めた。本陣まで行こうとしているらしい。

その剣は剛腕維茂をも凌ぐと言われている若き侍大将小五郎は、川原に開《あ》いた水穴の前で郎党を遠ざけ、一人で立ち向かう悲壮な決意をした。

――ここを死に場所とする。やつには小細工は通用しない。正面から戦い、斬る。やつの大鉈はすべての物を切ってしまう。だが返す速さは遅い。一度避《よ》ければこっちのものだ。腕一本、たとえ指一本でも斬り飛ばしてやる。

考え抜いた小五郎なりのお万退治の方法だった。切羽詰まった最後の砦、その全身を戦慄《せんりつ》が包む。足手の震えが止まらない。

お万は立ち止まり、一人で立つ小五郎を見下ろし、睨《ね》め付けた。魔力が焼けた体を治している。胴着と腰巻、髪の毛までが元どおりになっていた。

「でめえが維茂か」

「我は軍勢一の侍大将、藤堂小五郎玄信《くろのぶ》なり。お万、覚悟せい」

大声を出すと足手の震えが止まり、全身の戦慄も止んだ。三尺の刀を下段に構えると、お万と睨みあった鋭い眼光が異彩を放つ。

「こんどは水責めのづもりか、こざがじい。おい大将、その面《つら》に免じで今日は許しでやらあ。維茂に逃げるなっつっとけ」

小五郎を睨《ね》め付けたお万は、振り返って背中を見せた。

――た、たたた、助かった。

下段に構えたはずの刀は杖《つえ》になっていた。緊張で抜けた腰が痛くてへたり込む。川原の穴は見せかけだった。お万には、罠《わな》も火も穴も、たぶん水も役にたたない。

報告を受けた然慶《ねんけい》は目を瞑《つむ》った。軍勢壊滅、崩壊瓦解、兵《つわもの》どもの遁走《とんそう》と背筋が震え出す言葉が浮かんでくる。

「万策尽きたか」

「侍大将たちも雑人も、ばらばらになって騒いでおります」

「三郎、やつらは逃げ出す用意をしておるのではないだろうな」

光重の言葉に然慶がつぶやいた。

「逃げ出す者は斬らねばなるまい」

「然慶殿、何と言った。斬る。それは大変じゃ。うむ、さ、三郎、お前が斬るのじゃ。逃げ出す者を許すでないぞ。男を上げるのじゃ」

「は、はは。ま、ま、ま、かせて、く、くらされ」

三郎の拳が震えている。

本陣の中に将軍維茂の姿がない。荒くれた侍大将たちが叫んでいる。

「将軍がおられぬぞ」

——将軍が逃げ出したか。

口にできない不安がある。今、本陣がお万の次に恐れるのは、軍勢の瓦解だ。今日の戦いでは五十にならんとする数の武士が死んだ。侍大将たちに鬱憤《うっぷん》のはけ口が必要だった。

「将軍はどこぞへ行かれたのか」

「将軍に伺いたきことがある」

騒然とした彼らの声に然慶が答える。

「殿は今思案中なのだ。暫しの間一人にしておくよう申しつける」

「将軍が逃げたのではあるまいの」

「そのようなことはない」

「ならば顔を見せるのが、あたりまえじゃろうが」

「待てと言っておるのだ」

「待っている暇はない。我らは命を張って戦っているのだぞ。我が郎党は何人も命を絶たれた。鬼退治をどのようになされるおつもりか、直《じか》に伺うのだ」

「左様だ。すぐに将軍を出せ」

大声で詰め寄った侍大将たちは、収まりがつかない。寄せ集めの軍勢の綻《ほころ》びが出た。仕掛けた罠はすべて失敗し、恐怖が怒りに変わっている。このままではすぐにでも軍勢は瓦解する。その中心は荒くれた侍大将たちだ。彼らの腹具合一つ一つが軍勢の行く末を左右する。それも当然のことである。お万の刃にかかったのは大半が荒くれ武者たちだ。彼らが持つ侍の矜持が、お万との戦いに逃げることを潔《いさぎよ》しとしなかった。命をかけて果敢に戦ったのだ。反面、維茂の郎党は無理をしなかった。維茂の勇名の前に、死を覚悟して攻め込むことができなかったとも言える。二者のあつれきは都を発つときからあった。それらを、然慶は重々承知している。

「どうせ我らは糞土に集《たか》る蛆虫《うじむし》だ。何人死のうが、お前らの数に入っていないのであろうが」

侍たちが然慶を取り囲む中、「ガシャッ」と刀を握る短い音がする。数名が刀の柄《つか》に手をかけた。

「……」

禿げ上がった頭を微動だにさせず、然慶はするどい眼光で侍大将たちを睨《にら》み、低い声を絞り出した。

「宵の口までに殿が戻らねば、この愚僧を斬るがよい」

「……」

「ふん、それまでに少しでも遠くに逃げようとする腹積もりか」
抑揚《よくよう》のない言葉で命をかけた然慶を、彼らは傲然《ごうぜん》とした顔で口々に罵《ののし》り、しぶしぶ引き下がった。然慶の力では、軍勢の瓦解まで半日の時を稼ぐことが精一杯だった。

九

合戦が始まったとき、一足先に戻った紅葉は、洞窟の外でうたた寝をしながら夢を見ていた。小さな男が、白い水干姿に扇を持って浮いている。髪は赤く肩で刈り揃えられ、黒い烏帽子をかぶり、黒の括《くく》り袴《はかま》の下は黒い沓《くつ》を履いている。男の澄んだ歌声がする。

山ニ吹ク風信心強ク　流レル水ニ身体強シ
姿清爽ニシテ能高ク　昼夜只管《ヒタスラ》祈ル可シ
人ヲ絶チテ眠ヲ絶チ　飲ヲ絶チテ食ヲ絶ツ
天ニ通ゼバ勇者ニ授ク　魔王ヲ降ス剱也

「白い行者様、助けてください。経丸の仇を討たせてください」

「天界ニ在ル者人殺メル事能ワズ。鬼退治人ノ争イニ非ズ、天界ノ争イ事也。天界ニ覇ヲ唱エントス魔王、菩薩ノ敵也。魔王万ニ取リ憑キ化身ト成シ、紅葉殺戮《サツリク》セン」

「私は菩薩様の庇護を受けし身。でもお万を斃す力はありませぬ」

「万斃ス為ニハ、斃スニ相応《フサワ》シキ勇者探スベシ。菩薩ノ子紅葉、其方《ソナタ》ガ選ビシ勇者タラン者ニ、此ノ歌伝ウベシ。観世音菩薩ヲ信ジ祈願セヨト伝ヘヨ。祈リ通ジ、天勇者タルヲ認メルバ、浄衣《ジョウエ》ニ身包ミシ従者現ル。天声聞クベシ」

「天の声ですか」

「山ニ吹ク風信心強ク　流レル水ニ身体強シ　姿清爽ニシテ能高ク……」

歌を繰り返しながら、白い行者の姿が木漏れ日の中に溶け込んでいった。

——私は菩薩様の庇護を受けている。お万は魔王の化身。私は菩薩様の代わりに戦っている。負けるわけにはいかない。この歌は悪魔を斃すための勇者に告げる歌。勇者がお万を斃してくれる。勇者とは将軍平維茂様に違いない。急いでこのことを伝えなければならない。急いで……。

「お嬢様、お嬢様」

心地よい昼下がりの眠りの中にうっとうしい隻眼が入ってくる。紅葉は目を覚ました。

「将軍維茂様が、お嬢様に会いてえそうです」

「左様か、わらわも会いたいと願うていたのじゃ。では、今から一時《いっとき》もしたら下の高台にて、お待ち申すと伝えよ」

「へい、じゃあ高台にゃあ今から行って、目印の赤い布を結んどくで」

飛助が布をつけた後、合戦の場を遠くから眺めると、軍勢は逃げ出しているところだった。脇に将軍らしき一騎が離れていく。先回りして将軍に追いつくと、

「将軍様、お嬢様が、一時《いっとき》もしたら、この山の高台で、お待ち申しますとのことです」

「高台とな」

「へえ、この先の登り道を行くです。目印に、案内の道は白い布、高台には赤い布をつけてござえます。おらはこっちから、もう一度お嬢様に知らせますだ」

盗賊は広場で三度目となる勝利の宴を張っていた。戦いのさ中、敵を斬らずに、お万に睨まれた二人の盗賊が小声で話している。

「宴が終わったら殺されっちもうべ。紅葉様にお願えするしかねえ」

「そんなこったら、紅葉様が女鬼にやられちもう。やっぱり逃げるべや」

「そだな、しょうがねえ、紅葉様に迷惑はかけられねえ」

二人は隠れて逃げ出した。お万が話をしていると、

「ぶっ転んだ侍を斬らねえやつがいだぞ。出でごい。あれ、いねえ。あいづら逃げだが」

酒を飲みながら大声を出したお万は、椀を叩きつけ、すばやく追いかけていった。

維茂に知らせたあと、紅葉のところに戻る途中の飛助は、走ってくる盗賊二人とけもの道ですれ違った。すぐ後に彼らを追ってお万が来る。驚いた飛助はお万に背を向けて逃げたが、見つかってしまった。

「でめえは誰だ」

逃げ道を間違った。前方の一本の木から先は千尋の谷になっており、飛助に逃げ道はなくなった。絶体絶命の彼は木を背にしてお万と向き合った。

「ゆ、許してくだせえ」

「片目、でめえは紅葉の下人だな。助けに来たか。ぶっ殺す」

お万は怒鳴りながら掴みかかってきた。お万に襲われて助かったものはいないし、逃げても逃げ切れた者はいない。飛助は一つしかない目を瞑《つむ》って観念した。

そのとき長年の竹職人の癖で、飛助の右手が腰の竹割り鉈に触れた。刹那、隻眼に光が走る。

飛助は掴みかかったお万の大きな手から既《すんで》の所《ところ》で身を躱《かわ》し、幹にかけた左手を軸に千尋の谷に身を躍らせ、すばやく反対側に回り込んだ。

飛助の首を掴む代わりに、幹を掴んだお万の手が目の前にある。瞬時に腰から引き抜いた竹割り鉈を、渾身の力で叩きつけた。およそ鉈《なた》の中で、もっとも切れ味のするどい竹割り鉈は、お万の右手親指を切り飛ばし、幹に食い込んだ。血飛沫《ちしぶき》の尾を引いて、二丈（六メートル）ほども飛んだお万の親指は、崖に群生する熊笹の中に飛び込む。驚いたお万は、あわてて指を追いかけていく。

お万は油断した。まさか隻眼の下人が刃物を持っているとは思わない。切り傷や刺し傷、火傷さえも魔力で治る。だが切り取られると、急いで付けなければ切り取られたままで傷が治ってしまい、それからでは元に戻らない。およそ戦いで、お万が唯一恐れていたことは刀で切断されることであった。侍大将小五郎を殺そうとしなかったのは、剣の達人と見て切断されることを恐れ、戦いを避けたからにほかならない。

指は崖の熊笹に乗っていた。お万は這いつくばって手を伸ばして取ろうとする。指先が届きそうになったところで、つかまっていた灌木が根こそぎ抜けてしまい、崖下の深い谷底めがけて、身の丈八尺の巨体が真っ逆さまに落下していった。

盗賊の酒宴、紅葉は維茂に会いに行く機会を窺《うかが》っていた。

「お万がいない。今だ」

竹筒に酒を入れ、ござを持って下の高台に向かい、飛助が目印の赤い布切れを結んでおいた場所に着いた。

そこには、山々の錦繍《きんしゅう》が迫りくるような景色が広がり、流れ落ちる小さな滝の音が風情を醸し出す。

山の色づきなど毎日見飽きているのに、あらためて見つめると、なんとも美しい。見とれている暇はない。紅葉は将軍をもてなす準備を始めた。ござを敷き、曼幕《まんまく》代わりに脇の小枝に手ぬぐいをかけ、腰元の代わりに、草を丸めた人形を二体作って並べる。

よく見ると、袿《うちぎ》は泥汚れと破れで惨めなものになっている。顔も汚れている。乱れた髪を手で梳《す》くと指が痛い。ひびだらけの手は、節々のあかぎれが口を開けて泣いている。化粧道具はない。何か代わりになるものはないかと探すと、真っ赤な山法師《やまぼうし》の実が生っていた。潰して唇に塗り、頬にも薄く塗った。

準備が整いそっと胸に手を入れると、十年も前に晴明からもらった古い護符があった。

——この護符のおかげで将軍に会える。晴明様に御礼を。

よくみると竹筒が豪華な銚子《ちょうし》に見えてくる。

——これは、何としたことか。護符のご利益か。夢かまことか。

蓋は盃に、小枝にかけた手ぬぐいは紅白の幕になって三方を囲み、床に敷いたござは厚い敷物になり、二体の草人形は二人の着飾った腰元となって微笑んでいる。

「紅葉様、とてもお美しゅうございます」

自分の姿を見るとあでやかな袿に、化粧も整い、手のひらにできたひびもあかぎれも治っている。

——ありがたや、これなら将軍に手を握られても恥ずかしくない。

「将軍、この上が高台のようです」

「左様か、では用を足す」

維茂は馬から下り、小川の水で顔を洗うと、自分の髪が乱れていることに気がついた。ここ幾日も髭をそっていない。装束もあちこち破れている。

「なんともみすぼらしいが、山の中では仕方がない。紅葉殿にがまんしていただこう」

胸に手をを入れ、肌身離さず持っている晴明の護符に触れる。と、足元に、何やら落ちているものがあることに気がついた。

「おやこんなところに櫛《くし》が落ちているではないか。おお、さっそく護符のご利益があったぞ、よいものを見つけたものぞ」

高台に着くと、山々を見下ろす紅白の幔幕が張られていた。中を覗いた維茂は驚いた。見たこともない美しい女性が、三つ指をついて微笑んでいる。

「これはこれは、今日のよき日の酒宴にふさわしき、清々しい狩装束の見るからに頼もしいお武家様。どうぞ、ご一献乾していって下されませ」

「素晴らしい錦繍《きんしゅう》の山々と、豪奢《ごうしゃ》な宴席。そしてこの世の方とは思えないほど美しい姫御前。これはよきところに来た。ぜひご相伴にあずかるといたそう」

二人はお互いに会いたいと願っていたが、なかなか叶わなかった。菩薩の思し召《おぼめ》しにより、ようやく顔を合わせることができた喜びに満ち溢れている。

「お武家様は都の匂い。将軍維茂様とご推察致します」

「いかにも維茂。そなたはあの真紅の紅葉のように美しい」

「お褒めを頂き雲上のごときよろこび。紅葉にございます」

「山の中ゆえ粗末なものしかないが、紅葉殿にこれを進ぜよう」

「ありがたく頂戴いたします。おおこれは美しい柄の櫛。維茂様は武勇に秀でたお方とお伺いしておりましたが、女の心を捉えることにも秀でておられます」

「都ではそなたを鬼女と呼んでおるが、キジョはキジョでも貴い貴女であった」

「身に染みて嬉しきお言葉、ありがとうございまする。どうぞ御一献」

「いただこう、何と気品のある銚子に杯であろうか。よきお腰元たちとよき舞台、そして何よりも美しい姫御前《ひめごぜ》と飲む。この酒は生涯最もうまい酒じゃ。都で安倍晴明殿に教わったのじゃ。紅葉殿を信じよと」

「さようでございましたか。晴明様は私の星を占ってくださいました。そして、私の周りの方々を信じるのだと教えてくださったのです。もっとも、晴明様より前に、同じことを言ってくださされた高貴なお方がおわしました。たしか、中宮権大夫藤原兼通様とか」

「なんという巡り合わせじゃ。儂は参議藤原兼通様から勅を拝したのじゃ」

「参議様になられたのですね。あの方が引き合わせてくれたのでございましょうか」

「うむ、そうに違いない。この縁《えにし》を大事にしたいものじゃ」

お万が広場に戻った。切断された親指は谷に落ちて見つからず、飛助には逃げられ、二人の盗賊も捕まえることができなかった。崖下に落下した傷は、戻るまでのいっときの間に治っているが、右手は親指がなくなったままである。

「ぢきじょう、片目にやられだ。あいづは紅葉の下人だ。許しちゃおがねえ。紅葉ええな。おい紅葉、あれ、いねえ。どげえさ行っだんだ」

「さっきござさ持って下に行きやした」

「なんだどう。おのれえ逃げだが、ぶっ殺ってやる」

大鉈を掴み、酒椀を叩きつけて立ち上がった。

のんびり酒を飲んでいる暇はなかった。維茂は、見つめ合った眼を瞬きもさせず聞いた。

「鬼退治は、如何にすればよいであろうか」

「観世音菩薩様より教示あり。鬼退治人の争いに非ず、天界の争いごとなり。観世音菩薩様を信じよ、と」

「うむ」

紅葉は歌った。夢の中で白い行者が教示してくれた歌を、

山に吹く風信心強く　流れる水に身体強し
姿清爽にして能高く　昼夜只管《ひたすら》祈る可し
人を絶ちて眠を絶ち　飲を絶ちて食を絶つ
天に通ぜば勇者に授く　魔王を降す剱也

「その信心強き者、身体強き者、能高き者。昼夜ひたすら祈るべし。人を絶ち、眠せず、飲せず、食せず。信心、天に通じること成るば、天の剱《つるぎ》、授けるに相応しき者と認めん。浄衣《じょうえ》なる従者現れ出ずるば、天の声聞くべし」

「相やわかり給うた。ひたすら経を唱え、天の従者様を待とうぞ」

維茂が紅葉のしなやかな手を握った。紅葉はその顔に朱を浮かべる。

時が止まったまま見つめ合う二人を、陽だまりのそよ風が夢幻の世界へと誘《いざな》う。紅葉《こうよう》の山を背にして、お互いを見つめ合う貴人が描かれた悠久の絵画に、小滝の水が虹の橋を渡し、彩《いろど》りを添える。

二人は、お万という最強の鬼に苛《さいな》まれ、傷ついた同じ心を持つ。

「紅葉殿、このままそなたを連れ行くぞ」

「それはなりませぬ。今私がいなくなれば、お万はどこまでも追いかけてくることでしょう。未だ天の剱を授からぬうちにて、お万に敵う者はありませぬ」

「では、戦いが終わったなら再び迎えに来ようぞ」

「はい、いつまでもお待ちしております」

紅葉の瞳から銀の雫《しずく》が溢れ、白い頬を伝い、切なく震える唇を濡らしていく。


「お万がきます」

安寧《あんねい》の空間は従者の声に遮《さえぎ》られた。お万の足は速い。一刻も猶予はならない。

「早くお逃げくださいまし。早く」

「相やわかった。必ず迎えに来ようぞ」

「はい」

名残を惜しむ間もなく、維茂主従は急ぎ宴席をあとにした。時は刻々と過ぎていた。

お万は敵の大将と話していた者を許すはずはない。嘘をついてもすぐにばれてしまうし、小細工は通用しない。

お万の怒りの眼差しが紅葉を捉えると、

「紅葉、おめえはここで敵の大将と会っていだのが、許ざねぞ」

「敵の大将維茂は明後日の朝に攻めて参ろう。そのときが最後の決戦となるは必定」

「なに、うそじゃああんめえな」

「必ず参ると申しておった」

嘘が通じない相手に嘘を言った。お万は片手で紅葉の胴を掴んだ。苦しい。胸の骨の軋《きし》む音が聞こえ、声が出せない。

「よじそんじゃあ明後日《あさって》の朝、敵の大将維茂を打ちとっだならば許じてやらあ。来ながっだらおめえの命はねえ。それまでは見せじめにぶったたく」

お万が立ち去ると夢の饗宴は終わっていた。高台は、手拭《てぬぐ》いが風に吹かれて揺れ、ござの上に竹筒が転がっているだけの、寂《さみ》しい風景に戻っていた。


「ごいつは敵の大将と通じでだ。許ずわげにはいがねえ、裸にしで縛りあげろ」

盗賊が恐る恐る着物と襦袢までも剥《は》ぐと、お万が篝火の中に放り込んだ。

「ほかのものも、こいつのものは全部燃やぜ」

御台所から貰った袿も、維茂から貰った櫛も、晴明から貰った護符も燃やされ、残ったものは身につけている赤い腰巻一つしかない。

広場に杭が二本打たれ、上下に真竹を渡す。紅葉は両手を頭上の竹に、足首は地面の竹に縛られ膝をついた姿勢で、東の崖に背を向けて吊るされた。

「許してもらいてえか。土下座すりゃあ勘弁してやらあ」

仮にも大将が、命惜しさに頭を下げるわけにはいかない。お万が大鉈《なた》を持ち上げた。

――殺される。

恐怖に震え、歯がガチガチと音をたてる。

「南無観世音菩薩、南無観世音菩薩」

大鉈は束ねてある髪を鋭い刃で切った。

「軍勢の物見に、将軍が明後日の朝までに出てきねえと、紅葉をぶっ殺ずって言え」

「へい」

「ええが、一日十回棒で思いっぎりぶっ叩げ。手を抜くやつはおだが殺す。明後日の朝、日が昇っても敵が来ながっだら、死ぬまでぶっ叩げ。水も何もやっちゃあなんねえぞ。紅葉の下人の片目野郎が助けに来たらすぐに知らせろ。ぶっ殺じでやるかんな」

盗賊たちは震え上がった。彼らは鬼女紅葉を信奉するようになっている。紅葉を女神様と崇めている。棒で叩くなど恐れ多いこと、とてもできることではない。

「おめえ、今日の分だ。十回叩げ」

「お、お許しを。おらにはできねえ」

「なんだどう。そんじゃあおめえをぶっ殺す」

名も知らぬ盗賊に拳が振り下ろされようとした時、紅葉が声を出した。

「おやめなされ。わらわは死にはしない。大丈夫じゃ、わらわを叩くのじゃ」

盗賊は震えながら棒を持って、紅葉に向かった。

「お許しください。お許しを」

最初の棒が紅葉に振り下ろされると、鈍い音と同時に激痛で体が炎に包まれ、素肌を裂くように打痕が赤い線を引き、短く濁った悲鳴が喉の奥から発せられ、体は思考と離れて飛び跳ねた。次の棒が打たれる。限界まで力を込めた足手が、縄をよじり土を噛む。痛さは陶酔へと変わり闇の世界に落ちる。すぐさま次の棒が痛さの絶頂に引き戻す。呻き、わめき、闇の世界に落ちすぐさま引き戻されるが繰り返された。

十

鬼無里寺に集結していた軍勢の前陣が、本陣に変わっている。

然慶は黙して座す。夕刻までに将軍が来なければ、荒くれ侍どもに斬られる。

日が落ちようとしたころ、ざわめきが起こった。

「おお、殿が、殿が帰ってきたぞ」

「とのー、殿」

馬から降りた維茂は、光重と三郎が呼ぶ声を無視して、ぼろぼろになった軍装のまま堂に入り、然慶を呼んだ。

「紅葉殿に教示を受けた。観世音菩薩より天の剱をいただくために、経を唱え続けなければならぬ。然慶、経文を用意せよ」

「ははっ」

三郎が言う。

「その前にお膳とお召しものを替えなくては……」

「いらぬ。じい、皆を集めよ」

「ははっ」

光重の大きな声がはずむ。皆この時を待っていたのだ。鬼無里寺の庭に、重鎮光重と参謀然慶に三郎、朝廷からの目付け役小次郎、小五郎ほか主だった侍大将に郎党、雑兵までが集まった。顔も髪も髭も汚れたままで、将軍維茂の声が響き渡る。

「観世音菩薩より教示あり。天の意に適う勇者に剱を与えるという。儂は天の剱をいただくため、今より食せず、飲せず、眠せず。暗闇の堂にてひたすら読経せしもの也。

その間読経を止めること能わず。この堂に何人も入ることならず。何があろうとも、扉を開けてはならぬ。無理にでも入ろうとする者があれば、親でも子でも、帝とても斬り捨てい」

維茂は一皮剥けていた。紅葉からの教示が人を変えた。もともと意思の強さでは定評のある人物ゆえ、逆に先が読めない不安に負けていた。今、勝利への道筋を見据えると、本来の強さに加え天の力まで味方につけようとしている。力強い言葉には気負いはない。愁《うれ》いもなければ迷いもなく、鋭い眼光が軍勢一人一人の眼を射る。

「その間襲い来るまやかしあり。妖《あやかし》、もののけの類《たぐい》はもちろん、この堂に至るすべての者は有象無象《うぞうむぞう》のまやかしにて、惑わされて扉開けることのなきにせよ」

「ははっ」

将軍維茂だけが堂に入り扉を閉めた。瓦解寸前の軍勢に光明が射した。それは天の剱を戴くという、まったく当てにならないもの、どころか到底貰えるとは思えない。が、どんなに頼りない光明でも、都を発って以来続いてきた重苦しい足取りを、初めて後押ししてくれる天の灯りであった。

「よいか読経が邪魔をされたら剱が貰えなくなるやも知れんのじゃ。将軍が出てくるまで、鼠一匹たりとも通してはならぬ。堂の縁《えん》に上りしものは、すべて切り捨てよ。堂の周りの篝火《かがりび》は一つだけにせよ。その間、皆で祈ることにする。ただし読経の邪魔をしないよう小さな声で祈り、騒いではならぬ。眠るのはよいが横になってはならぬ。まやかしにだまされぬよう心掛けよ」

「ははっ」

光重の言葉に、軍勢の返事も力強さを取り戻している。すべての武士を堂の周囲に張り巡らし、床下と屋根にまで監視の武士を置いた。

寺は軍勢全員がいるにもかかわらず、ひっそりと息を潜《ひそ》めている。

「観自在菩薩　行深般若波羅密多時　照見五蘊《うん》皆空　度一切苦厄　舎利子　色不異空……」

維茂は菩薩像を拝んでいる。頭の中のすべてを占めていたお万の恐怖は、半分紅葉の美しさに変わっていた。読経を続けていると、突然像が音を立てて倒れた。

「これはいったい、紅葉に何かあったのか」

すぐさま倒れた像を立てようと、腰を上げかけて気がついた。

「いかん、今話したばかりではないか。天地万象を忘れるのだ。無になれ。空になれ」

倒れた像はそのまま放置して腰を降ろし、体中の力を抜き、読経を続けた。

「天欺きし悪鬼、里襲い人の命奪いし事数多く、是許す事無かれ。悪鬼強き事下天の者に非ず。今以て我、是を誅する力無し。天我に力を与えん哉。悪鬼誅する者我をおいて他に無し。天我に力を与えん哉。悪鬼誅する者我をおいて他に無し。魔訶般若波羅蜜多心経　観自在菩薩　行深般若波羅蜜多時　照見五蘊皆空……」

物見から鬼無里寺の本陣に報告があった。

「紅葉様は崖の上に裸で吊るされており、──明後日の朝までに将軍が出て来ないと紅葉を殺す。とのお万からの伝言がありました」

「急いで将軍に知らせようぞ」「堂の中には入れないぞ」「読経のじゃまをしてはならないのでは」

小声で話している者たちの言葉に、顔には出さないが然慶は悩んだ。

空はよく晴れていた。雨も風もまったく心配いらない一日のはずであった。瞬時に真昼と闇夜を行き来する稲光が走り、脳髄を砕かんかとする雷が落ちた。瞬く間ににわか雨が山を叩き、森を薙ぎ払わんとする突風が吹く。軍勢は驚き、建物の影や木陰に逃げ込もうとした。大声で叫ぶ者がいる。

「すべての篝火《かがりび》を燃やせ、火を大きくするのだ」

叫んだのは三郎だった。

「都を出るときは殿が火付けを命じたそうな。今見るに、皆が皆、雷と雨に惑わされておりますぞ。これは魔王のまやかしに違いなきぞ」

「おお、そうじゃった」

光重も思い出した。都を出るとき、小五郎が魔王神社と羅城門に火を放った。火は大勢の共通心理である恐怖を焼き払い、軍勢は我に返ったのだった。三郎はその光景を聞いてはいたが見てはいない。

今また、本当にお万を甦せるのかとの疑問に大勢の共通心理が働き、あるはずもない雷雨に、あるはずもない魔王のまやかしにやられようとしている。

「この雷鳴魔王のまやかしぞ、逃げる要もなし」

「魔王のまやかしぞ、逃げる要もなし」

三郎の言葉を繰り返しながら、皆元の場所に戻った。

篝火に囲まれた軍勢に、いつしか雨風は止み、濡れたはずの軍装は乾いている。

「三郎、お前は生まれて初めて皆の役に立ったのう」

光重の言葉に三郎の瞳が輝いていた。軍勢が浮足立っては将軍の読経に影響する。軍勢は、堂の扉から漏れ聞こえてくる読経と一体になった。

軍勢は、お万の脅しを将軍に伝えるものかどうか、判断できずにいる。将軍不在のおり、誰が判断するか、はっきり決まってはいない。本来三郎がその席にあるべきだが、とても信頼のおける器ではない。小次郎は検非違使少尉、出世のことしか頭にない。小五郎は若輩である。光重は老人性痴呆の気がある。判断は武士ではないが参謀の僧、然慶の肩にかかっている。

荒くれた侍大将たちには侍としての矜持がある。捕らわれている姫の一大事に、侍が何もしないで傍観できるわけがない。再び然慶に迫った。

「一刻も早く将軍に伝えねばなるまいて。いかがなされるおつもりか」

「遅れて紅葉様が殺されれば、如何にして詫びるおつもりか」

荒くれた侍大将たちも鬼女紅葉を紅葉様と呼ぶようになっている。然慶が返す。

「将軍は天の剱をいただこうとしている。仮に今知らせたとしても、天の剱を授からないうちには、将軍といえども助けることはできまい。声をかけるだけでも読経の邪魔をしかねない。今は読経がもっとも大切である」

「そのような戯《ざ》れ言を誰が信じるか。いますぐ将軍にお知らせするべきぞ」

「左様、いますぐ我らが紅葉様を救い出しに向かうところぞ」

色めき立った侍大将が再び詰め寄らんとすると、然慶は徐《おもむろ》に言葉を絞り出す。

「この件は、……紅葉様の命は、この愚僧の腹にしまうこととする」

「うまくいかなかったときは、どのようになされるおつもりか」

荒くれた侍大将の声に、然慶は坊主には似合わない懐剣を出し、座した床に置いた。

「そのときは、これで、この腹を切り開いて取り出すこととする」

然慶は目を瞑った。今度の命は明後日の朝まで、一日半に延びた。天の剱に命運を託す。彼はそれがどれほど虚無《きょむ》のものであるかを知っている。神も仏もいくら拝もうとも、何もしてくれないことを熟知している。どれほど読経を重ねても、僧でありながら神も仏も信じきれず、欲望の世界から脱することができないでいる。そのような愚僧には、腹を切ることに否応はない。

――死ぬしかあるまい。

## 十一

荒くれた侍大将たちも、見守る侍たちも、死を覚悟した者にかける言葉はない。将軍が戻っても、軍勢瓦解の危機が完全に去ったわけではなかった。

陰陰滅滅とした心と体の痛さが、わずかな篝火と深更の闇を感じている。紅葉は眠っているのか、気を失っているのかわからず、果てしのない夢想がつづいている。そこには、右手に扇を持ち白い水干をまとった気品のある小さな男がいた。

「我、観世音菩薩ノ従者ニシテ、久遠修行ノ者也」

「行者様は、いままで私に何もしてくれておりませぬ。私を助けてくれたことがありませぬ。お願いです、あのお万を殺してください。ここから助けて下さい」

「紅葉ニ告グ。人殺《アヤ》メル事恐レ多キ事。天界ニ在ル者、出来ル事ニ非ズ。我ニ手縛リシ縄目解ク事敵ハズ。足縛リシ縄目切ル事敵ハズ。万、猿、狼、盗賊其々《ソレゾレ》ノ狂気皆魔王ノ仕業也。之ニ対スルハ、観世音菩薩ノ導キノ他ニ無シ」

「そ、それでは峠で襲われた時の蝙蝠《こうもり》も、狼に襲われた時の熊も、菩薩様がお導きくだされたのですか」

行者に答えはなかった。違うなら違うと答える。

「観世音菩薩、其ノ方産マセシ折リ、魔王、其ノ体ニ痣残セシ」

「えっ、えええっ。何ですと」

驚きは紅葉を遥かな昔へと連れ戻す。紅葉と父笹吉には二つの謎があった。一つは先祖伴善男の仇はだれかということ。もう一つが紅葉の痣の謎であった。

「私は観世音菩薩様が授けてくれて、魔王様が痣をつけたのですか」

白い行者の一言は、紅葉の生誕に秘められた謎を解くものであった。紅葉を産ませたのは観世音菩薩だという。長年子ができなかった笹丸と菊世の夫婦は、その間、観世音菩薩を祈り続けた。笹丸は魔王を一度拝んだだけで、菊世が身ごもったものだと思ったが、実は菩薩の力によるものであったという。

「魔王ト観世音菩薩ハ、天界ニ於イテ覇ヲ競ウ敵同士。魔王ハ笹丸ノ祈リヲ聞イタガ、菊世ノ子ニ取リ憑ク事ガ出来ズ、分身鬼ノ顔ヲ痣ニシテ、菊世ノ子ニ埋メ込ンダ」

魔王が菩薩に勝つためには、何としてもその申し子紅葉を殺さなくてはならない。魔王もその分身鬼の顔も空なる力であり、直接紅葉を殺すことはできない。ゆえに魔王は地上のあらゆる生き物を使って殺そうとした。盗賊、百鬼夜行、狼、猿まで使った。だがいずれも菩薩の手厚い庇護を受け、彼女はことごとく逃げ延びることができた。今、最強の刺客、お万を使わし、紅葉を、そして菩薩を屠《ほふ》ろうとしている。

「痣除ク為ニハ、魔王の力を、笹吉、縹《ハナダ》ノ命ト引換ヘニスル他ニ無シ。故ニ安倍晴明ノ声借リテ社ニ導ク。其ノ命二年早ク終焉ト成シ、以テ其ノ方ノ命、地ニ戻ス事ノ約ト、痣取リ除ク事ノ許シヲ得タリ」

驚きは叫びの声も、責めの言葉も奪った。父笹吉、母縹は娘の命を救うために、そして鬼面の痣を除くために、二年早く命を投げ出したのだ。しかもそれを導いてくれたのは白い行者であった。

「許しを得たとは、では誰が痣を取ってくれたというのだろうか。痣は大蛇《おろち》が食べた。白い大蛇は天の使い、いえ菩薩様の分身に違いない」

白い水干を着た行者は、紅葉を見つめながら少しずつ離れていく。

「行者様、行者様が観世音菩薩様なのではありませんか」

その問いに答えはなかった。慈悲深い微笑みを湛《たた》えながら、白い行者は果てしのない夢想の彼方に消えていった。

「行者様は観世音菩薩様でした。幾度となく私の命を救ってくださり、きれいな女にしてくださったのは行者様。それを気づかず愚痴を言うとは、ああ紅葉浅はかなりし。行者様にお詫びを、観世音菩薩様にお許しを、痣を取っていただいた御礼を」

目が覚めると、空はまだ暗いが夜明けは近い。やはり手は縛られ竿に括られている。

――行者様がすべてを打ち明けてくれた。生まれたときから秘められた謎をなぜ教えてくれたのか。もう私には先がないからなのか。私に死ねと言っているのか。

わずかな篝火に照らされ、手もみをする木々の葉が見える。暗さに慣れた目に、紺鉄《こんてつ》の空と森の黒さとの淵をはっきりと見つめながら、紅葉は確信した。

——いいやそうではない。私に生きよと言ってくれているに違いない。そうでなければ紅葉の前に現れるはずがない。

乾ききった瞼が震え出し、再び濡れようとしている。

——行者様、私は死ぬことを厭《いと》うものではありません。けれども、私は菩薩様の申し子。私が死ぬことは、菩薩様が魔王様に負けること。私は死んではならないのですね。

盗賊の一人が、お万の目を盗んで紅葉に水を飲ませてくれた。ゴクリと音がして喉にしみ込む。風は彼女の傷口をなぶり、素肌に氷の肌着を着せる。二つの篝火も消えかかるなか、権が自分の着物をかけてくれた。お万に見つかれば殺される。命がけの着物は、この世のものとは思えないほど温かいものであった。

すこし離れた木の上に登り、飛助は紅葉が吊るされている広場の篝火を見ている。闇の中とはいえ盗賊の監視はたくさんおり、近づくことはできない。もともと下人には戦う術はない。飛助には遠くから見守る以外、何もできなかった。

——そうだ忘れとった。

やえが持たせてくれた、小さな篠笛を取り出し口にした。飛助の下唇は上唇を覆い隠して、鼻の頭にくっついている。まともには笛が吹けない。力をいれて下あごを引っこめて思い切り息をする。生まれて初めての作業はなかなかうまくいかない。

紅葉の耳に、遠くで小さな音が聞こえる。何かが鳴っている。笛が鳴っている。

「フヒッ、フェフィッ。フィヒエ、フェフィッ」

――へたくそな笛じゃのう。あれは、まさか、さきの笛ではないのか。

「フィヒー、フィッフィッ。フィヒー、フィッフィッ」

――さきじゃ、間違いない。さきの笛、さきの声がする。

子供のころ、さきはいつも呉葉の後をついて回った。耳が聞こえず、話せず、病弱でいつも悪ガキに苛められていたさきを呉葉が一人で守った。「ぐればざまー」が言えるようになったのは五歳を過ぎてからだった。音は聞こえないはずだが篠笛を吹いた。さきは知恵遅れではなかった。立派な娘として笹吉、縹夫婦を守り、今、黄泉の国から、紅葉を救おうとしている。

「もみじざまー、もみじざまー」

――さき、さきー。

声を忍ばせたおえつとともに、体中の水が瞼という扉を押し開けて、あふれ出ていった。

「フィヒー、フィッフィッ。フィヒー、フィッフィッ」

――さきよ、待っておれ。私ももうすぐそこに行く。


どれくらい眠っていただろう。

――維茂様は、白い行者様に会えたのでしょうか。天の剱は貰えたのでしょうか。

意識が朦朧《もうろう》としていた。背中が、体中が痛く息ができないほど苦しい。すでに二日目の日は空高く昇っている。広場からは斜面一つ向こうの洞窟は見えない。その斜面から女鬼が現れた。

「紅葉生きてでだが。てめえは裏切っだ。おだに逆らうとどうなるが見せしめにしでやる。あじたの朝までに維茂が来ながっだら、てめえの命はねえ。きのう、片目野郎に指を斬られちまっだ。てめえの下人だべや。あの野郎生がしちゃおがねえ。維茂を殺しだあとで、村ごと踏み潰しでやるがんな」

お万は、紅葉のざんばら髪を掴んで顔を持ち上げた。

「それども許してもらいでえか。そんなら土下座しろ。そうすりゃ、許してやってもええぞ」

叩かれるのは嫌だ。痛くて耐えられない。人間は力には、暴力には勝てない。服従するしか生き延びる術はないのだ。口先できれいごとを言うことは容易い。だが、暴力に耐える気力と体力を持続させることは……菩薩の申し子を自認する紅葉でも難しい。

——土下座して許してもらおう。お万様にお願いすれば叩かれないで済む。うまいものを食べて楽しく洞窟にいられる。うたた寝をして、いい夢を見よう。

「お、お……」

お万様と言いかけると、目の前に会津の和尚の姿が浮かんだ。経から読み書きなどあらゆる物事を教え込んでくれた恩師。懐かしい声が聞こえてくる。

「安楽な道を選び、魔に降るとは痴人《ちじん》の夢というに似たり」

——和尚様、そうでした。相手は魔王でした。許してくれたことなど一度もない。お万に弱い心を見せれば、逆に容赦なしに殺される。さきは毒蛇に咬まれて、痛くて私の名を呼び続け、泣きながら死んでいった。私が痛さを恐れ、お万に許しを乞うたなら、さきが許してくれなかろう。

紅葉が頭を振ると、お万は舌打ちをしながら手を離した。

「今日は誰が叩ぐんだ。てめえか、早くしろ」

「紅葉様はこれ以上打つと、うっ死《ち》んじもう。代わりにおらを打ってくだせえ」

権だった。

「権、でめえこいつの代わりをするってが。ええだろう。だだし、女は十回でええが、男のでめえは百回だ」

「えー、そんじゃあ死んじもうがな」

「いやなら今ずぐ殺すぞ。よじごいづをづるじで百回叩け。紅葉は明日まで生がじでおいでやらあ。おめえがぶっ叩げ。手を抜くと許ざねえぞ」

「へ、へえ。権、許してくんろ」

権を叩く音と、低い呻き声が荒倉の山を鈍色《にびいろ》に染める。

「許せ、許してくだされ権様。ありがたや、ありがたや」

紅葉が叫ぶ。鬼女の強さも、盗賊の大将としての尊厳もすべて剥げ落ちて、少しでも痛さを避けようとする賤《いや》しい女の叫びだった。

百叩きが終わると、権は消え入りそうな呻き声のなかで気を失った。

夜になると山は雨模様に変わった。小雨で濡れた体を拭き、紅葉の体に権の手下が着物をかけてくれた。別の手下が水を飲ませてくれる。見つかれば殺されるというのに、ろくな名前もない男たちが、次から次へと命をかけて紅葉を守ろうとしている。

いる。彼女は男の強さを、貴さを、優しさを、その足元に縋りつきたいほど見せつけられて

夜も更けていく。暗澹《あんたん》たる嘆息に、紅葉は心の葛藤《かっとう》が続いている。

――いくら待っていても、将軍が来る前に殺されてしまう。どのみち殺されるなら黙っているわけにはいかない。戦うのだ。鳥を呼んで戦うのだ。

紅葉は、これまで幾多の困難に鳥を呼び、立ち向かってきた。それが彼女の自信の裏付けであった。人はそれを妖術という。だが彼女に妖術は使えないし、生まれつき鳥を呼べたわけでもない。十年以上も続けた指笛の鍛錬の賜物《たまもの》なのだ。五歳にならないうちから、村の青年、あんちゃが手取り足取り教えてくれた。あんちゃは生まれつき足が悪く、悪ガキどもに苛められた。仕返しをするために、鳥を呼ぶことを覚えたのだという。そのあんちゃは神隠しにあって死んだ。

――お万には一度失敗しているが、私には鳥を呼ぶしか戦う方法はない。鴉《からす》を群れで呼ぼう。そうだ群れだ。何十羽という鳥が全滅するまで攻撃する。全滅……。

か細い声が口を衝く。

「それでは獄蓮《ごくれん》と同じではないか……」

獄蓮は門弟を盾にして、自分だけは助かろうとした。門弟は全滅した。鳥を盾にすれば多くの鳥が死ぬ。獄蓮の二の舞を演ずることはできない。

──鳥が使えなければ、私には何もできない。もう死ぬしかない。

小雨は上がり雲も切れ、星が踊り出す。その星を見る力も失い、あれほど流れた涙も出ず、寂寞《せきばく》とした一陣の風が、虚空の胸を吹き抜けていく。悄然としてうつむく紅葉の体から魂は抜け出し、浮遊に出たまま戻って来ない。

十二

「殿、じいでござる。一大事でござる。殿、外をご覧くだされ、お万が現れましたぞ」

維茂は達観していた。頭の中は空《くう》であった。年代を重ねても純真無垢という言葉があてはまるほどの男には、空というものを当然のように取り入れていくことができる。何も考えない、何も見ない何も聞かない。疑念もなければ同調もなく、あらゆる感情を表す言葉もない。読経を続ければ続けるほどその心は空になっていく。お万の恐怖も、紅葉への恋慕も彼の読経の前には消え去るのみであった。

「殿、お万が紅葉を連れて来ましたぞ」

「わらわは首をはねられるのじゃ。助けてくだされ」

だれが何を言おうとも、眉根さえ小揺るぎもさせず、維茂の経は平然と続いている。

「羯諦《ぎゃてい》羯諦　波羅羯諦波羅僧羯諦　菩提薩婆訶《ぼじそわか》　般若心経。――悪鬼誅する者我をおいて他に無し、天我に力を与えん哉。天我に力を与えん哉」

いつの間にか、まやかしどもは消え去っていた。


二日目も一晩中灯りはなかった。くり返し読経を続けている維茂の前に、わずかに宙に浮いた小さな男がいた。白の狩衣に白の括り袴。維茂は目を開けたまま読経を続ける。男の声がする。

「維茂、能《ヨ》ク読経ヲ続ケシ事、天ノ剱与ウルニ相応《フサワ》シキ者ト認メン。是剱ニテ魔王ヲ斃スベシ」

目の前に立派な天の剱が現れた。

「是剱ニテ、万ヲ斬レ。然スレバ紅葉モ助カリ都モ安泰ゾ」

「色不異空　空不異色　色即是空　空即是色　受想行識　亦復如是《やくぶにょぜ》　舎利子……」

開いた目は闇を見据え、維茂の読経は止まらない。

白の狩衣が動く。突然の気合いとともに天の剱が斬りかかった。剱は、微動だにしない維茂の体を空しく通りすぎた。

「維茂、万ハ最強ノ鬼也、必ズヤ維茂ヲ殺セシ事、ワハハハハ」

白の狩衣は黒い魔王に変わり、力のない哄笑《こうしょう》をするその姿が、闇に消えていった。

食せず、飲せず、眠せず。望まず、苦しまず、考えず。闇は煩悩の消えた夢を見させてくれる。いつしか瞼は閉じ、経は止んでいた。

小さな男がわずかに宙に浮いている。右手には笏を持ち狩衣は白の無紋、白の指貫は括り緒。神事に着用する浄衣だ。黒の立烏帽子、髪は赤く肩で刈り揃えられ、黒い沓を履いた若者だった。淀みのない天の声がする。

「維茂」

「ははっ」

なんの滞りもなく、素直に返事が出た。

「我観世音菩薩従者ニシテ、久遠修行ノ者也。其方魔王ノ脅シニ良ク耐ヘシモノ也」

「ははっ」

観世音菩薩の顕現《けんげん》である。維茂には疑念も感激も、興奮も安堵もない。淡々と水のごとき返事を返すだけであった。

「今、維茂、其ノ信心厚ク、強キ精神ヲ持ツ能高キ者ト成ス。心身共ニ観世音菩薩ノ意ニ敵ウ勇者ト認メン。而シテ天ノ使イ、外ヨリ堂ニ至リテ劔授ク」

「ははっ。ありがたき、幸せ」

維茂はゆっくりと平伏した。厳かな行者の顔が微笑みに変わり、次第に闇に溶け込んでいく。

ざわめく物音で目が覚めた。闇に溶け込んでいた堂がわずかに白ずみ、夜明けの近いことを教えている。

軍勢の後方に白い大蛇が現れている。鎌首を持ち上げ、漆黒の瞳が人を睥睨《へいげい》している。侍が逃げようとしたそのとき、堂の戸が開いて将軍維茂が姿を現した。

「白い大蛇は天の使いぞ、道を開けよ。灯りを点けよ」

軍勢は松明に火を灯し、列をなして道を開けると、大蛇はゆっくりと進み堂に入る。いつの間にかその口には長い劔をくわえており、上座にとぐろを巻く。維茂が大蛇に向かって平伏すると、天の声が聞こえてくる。

「是劔、物ヲ斬ルニ非ズ、覇ヲ斬ル劔也」

「ははっ」

「覇トハ魔、魔トハ天ニ巣食ウ魔王。魔王ヲ降ス為ノ劔、降魔《ゴウマ》ノ剣《ケン》也」

「降魔の剣」

「相手ハ下天ノ悪鬼万也。其ノ力強ク、心シ掛ルベシ」

「ははっ」

大蛇が前に出た。維茂は跪《ひざまず》いて両手で剱を受け取り、頭上にかざした。

「降魔の剣、維茂謹んで拝領仕る」

大蛇はその漆黒の瞳をもう一度維茂に向けた後、振り向いて堂の奥に進み、姿を消していった。

維茂の手には、長さ六尺を超え、重さ百斤（六十キログラム）の、白い気品のある鞘に収まった剱が残った。維茂には片手で軽々と持ち上げることができる。

「我、天の剱、降魔の剣を得たり」

「おおー」

「紅葉は鬼にあらず、貴い貴女なるぞ」

「おおー」

「ただちに鬼を退治に出立せん」

「おおー」

一斉に喊声が上がり、侍が維茂を囲んだ。三百から七十も少なくなり、瓦解寸前だった軍勢が、この時を待っていた。

然慶が報告する。

「殿、お万が、今朝までに将軍が来なければ紅葉様を殺す、と告げております」

「相わかった。小五郎、先を駆けよ。儂が到着するまでお万を引きつけておけ」

「はっ」

十人の郎党とともに馬に跨《またが》った小五郎は、物見の後に続き朝霧の中に消えていった。


出立の支度を急ぐなか、荒くれ侍大将たちが然慶の前に出て、並んで片膝をついた。

「然慶殿、一度たりとて将軍を疑い、貴殿に詰め寄ったことを恥じ入るもの。お許しあれい」

荒くれ侍大将たちを目だけ動かして睨み、然慶はわずかにうなずいた。

「我らへの沙汰は存分に。願わくば、鬼退治のあとに願いたい」

もう一度、一人一人の荒くれた侍大将たちを、目だけ動かして睨んだ然慶は、一呼吸おいて吐き捨てた。

「沙汰などないっ」

荒くれた侍大将たちは小躍りして、それぞれの郎党の元へ戻っていった。

光重が詰めよる。

「然慶殿、あいつらを懲らしめてくだされ」

「軍勢にはさまざまな者がいてよいのだ。それを強い将軍が使い分ける。それでこそ強い軍勢なのだ」

維茂は供の者が着けようとした鎧《よろい》を振り払った。

「支度《したく》を整えている暇はない。小五郎を死なせるわけにはいかぬ」

髪も髭も破れた軍装もそのまま、椀一杯の汁と干飯《ほしいい》を一つ口にしただけで、鬼無里寺と並ぶ鬼無里神社の石段を上り、早口で必勝を祈願した。

「八百万の神よ、我天の剱、降魔の剣を授かりし。必ずや悪鬼を誅せん哉。神よ我に力を与えん哉」

維茂が石段の上に立つと、薄明の段下に松明が並び、瓦解の淵を彷徨《さまよ》っていた軍勢全員が整列している。今こそ決戦の時だ。もう誰も逃げることなど考えていない。光重が、然慶、三郎、小次郎が、荒くれ侍大将たちも、郎党雑兵までもが、固く勝利を信じている。

松明の灯りの中で、維茂は降魔の剣を一気に抜く。それは誰もが見たこともない、長く太く厚く、力強いそりのある白刃の剛刀であった。重さ百斤を超す剛刀を軽々と掲げ、見上げる軍勢に号令した。

「一同の者、降魔《ごうま》の剣《けん》を見よ」

「おー」

「今こそ悪鬼お万を、真っ二つにするべし」

「おー」

「えい、えい」

「おー」

「えい、えい」

「おー」

「しゅったーつ」

勢いを得た軍勢は若い侍が櫓《やぐら》を組んで将軍を担ぎ、凄まじい勢いで荒倉山を駆け上っていった。

「急げ、いそぐのじゃ」

「おー」

# 十三

音もなく白い龍がそぞろ歩く。龍は裸で吊るされている紅葉を呑み込み、水の冷たさを与え、谷を覆う朝霧となった。生きる気力を失っていた紅葉は、重く鈍い瞼を開けた。

——お万から逃げる術はあるのだろうか。維茂様、早く来て下され。でも、将軍が来ても来なくても殺される。困った。……困った、そうだ、和尚が言っていた。困ったときは故郷の村を思い出すのだと。

目を瞑ると会津の村が見えてくる。山々は紅葉《こうよう》に彩られている。住み慣れた家がある。通いなれた古刹《こさつ》がある。薬草を探した畑も川もある。笹丸がいて菊世も、さきもいる。和尚がいる。ヨタ犬も飛び回っている。ふふっ、若いころの飛助が両目を開けて間の抜けた顔をしているぞ。皆やさしい笑顔で、紅葉に手を振っている。長い棒に縋って歩いている子供のような男がいた。

——あんちゃ。

鉦や太鼓の音がする。人々の声も聞こえてくる。みな大声で呼んでいる。

「とめきちー、とめきちゃーい」

留吉はあんちゃの名前だ。鉦と太鼓と呼び声、紅葉はだんだんと思い出してきた。

鉦と太鼓は神隠しにあった子供を捜すときの音。会津の山は神奈備《かんなび》だ。神の住む山と現世の端境《はざかい》に、人間が入り込むには決まりがあった。鉦と太鼓を交互に打ち、大声で名前を呼ぶ。村が総出で行う神に許しを乞う儀式であった。

――あんちゃは神隠しにあって死んだのだ。

長い間疑いもせず当たり前のように納得していた。疑問が浮かぶ。

――でも何かおかしい。神隠しで死ぬのか。生きているか死んでいるかわからないから、神隠しなのではないのか。だから皆で捜したのではなかったのか。

再び村の様子が見えてきた。あんちゃが倒れた。目がくり抜かれていく。

――ぎょっ。

鼻も口も皮と肉がそげて奥歯まで見える。胸は骨がむき出し、腹は食われている。村人が留吉は鳥に殺されたと言っている。

子供呉葉は大きな衝撃を受けた心の傷に、忘却という蓋をして精神の破壊を防いだ。今、残酷な姿を見て、八歳のときの記憶がはっきりと甦《よみがえ》ってきた。

──思い出した。あんちゃは鳥に殺されたんだ。

目玉のない目が紅葉を見た。無残な遺骸が彼女に何かを語りかけている。

──もうすぐ夜明けだ。日が昇ったら紅葉は殺される。お万に殺されるくらいなら、あんちゃと同じに鳥のバケモノに殺された方がましじゃ……。バケモノ、あんちゃは鳥のバケモノと言いたかったのか。

紅葉は気がついた。

──バケモノ、ヌエは鳥のバケモノだ。あんちゃはヌエに殺されたのであったか。ヌエは牛ぐらいの大きさで、気持ちの悪い鳴き声を出して人を食べるという。ヌエは鳥だから指笛で呼べる。大きな鳥を呼ぶには、強く大きく思い切り吹けばよいのだ。だけど、このような山奥にヌエはいるのか。いるであろう。ヌエはバケモノだから、どこにでもいるに違いない。指笛を吹けば、すぐに現れる。ヌエはお万より強い。お万に勝てる。

紅葉の目が見開いた。

──お万は一度言ったことは律儀に守る。日が昇るとともに私を殺しに来るだろう。おそらく将軍は間に合わない。でも、私とてだまって殺されるわけにはいかない。見ておれお万よ。最強の鳥を呼んでお前を、お前を殺してやる。

心は夜明け前の空より一足先に明るくなった。その空から、はやる心を抑えようとする和尚の声が聞こえてきた。

「殺生は仏の道に非ず。人を殺そうなどとしてはいかん。獄蓮はお万を殺そうとして殺された。分不相応のことをしてはならんのだ。生きることの儚《はかな》さを知り、その尊さを知るのじゃ。ヌエを呼べば、あんちゃと同じように、お前も殺されようぞ。お前にはまだやることが残っている。死んではならぬぞ呉葉。逃げるのじゃ。お万は将軍が退治してくれよう。お前はその前に逃げるのじゃ」

紅葉は屹《きっ》として白みがかった空を睨んだ。子供のころからいままで、心の師である和尚に逆らうことなど考えたこともない。

「このような辱《はずかし》めを受けて、なお命を惜しめと申されるか。和尚は呉葉に強くなれと教え、生きることとは死ななくてはならないこと。そこに価値がある、と教えてくれたではないか」

「強さとは心の強さ。まずは死ぬことから逃げなくてはならぬ。そして、生きることに価値を見い出すのじゃ」

「ならば和尚よ、教えてあげよう。死ぬことを恐れる者に、安住の地はない。と」

払暁《ふつぎょう》は闇を追い払い、青い幔幕を空一面に広げる。暗から明に切り替わる天空の営みは、止まることもなく素早い。雲は散り月も山に沈み、残ったいくつかの星も消えかかっている。

紅葉の目は、獲物を視界に捕えた夜行動物のごとく輝いている。傷の痛みはなくなり、村人、盗賊への慈悲は消え、死んでいった者への憐憫《れんびん》もなければ将軍への恋慕もなくなった。今その体に残っているのは、お万への憎しみだけだ。

薄く朱に染まる朝焼けを背景に、崖の上に吊るされた紅葉の体から盗賊の着物がすべり落ちた。両手を括られたその姿は、盗賊たちから見ると、後ろから朝焼けに染められ、立ち込めている朝靄《あさもや》でけぶった影絵《シルエット》になった。神秘としか言いようのない妖艶な美しさが、彼らの目と心を奪う。朝日が昇るまでに将軍が来なければ、紅葉は殺されるだろう。否、将軍が来ても来なくても殺されることを、誰もが知っている。

「紅葉様」「もみじさまー」

盗賊たちは叫んだ。叫べばお万に殺されると、わかってはいても叫ばずにはいられない。女神様のためならば、命なぞいらない。

「いましめを解いてくだされ」

「おう」

すぐさま五、六人が駆け寄り手足のいましめを解いた。

両手をついた紅葉は二日間何も食べていない体で、よろけながら二歩、三歩と前に出て、足を肩幅より広げて立ち上がった。すぐさま、素肌の上に盗賊が着物をかけてくれる。椀の白湯《さゆ》を受け取り、何度も口を濡らす。寒さで震えていた唇も温まり、縛られていた手首と指も、白湯の中に浸して十分に温めると、指笛を試し予呼を吹いた。

予呼とは鳥を自在に操る者が、戦いに臨んで一斉に人間を攻撃できるように、予め鳥を集めておく指笛のことをいう。かつて紅葉が鳥を呼んだそのほとんどで、予呼を吹いている。それは気まぐれな鳥たちを、有無を言わせず従わせる強力な命令であった。

力の限りの大きな予呼を吹いた。不気味な鳥の気配がする。ヌエは近くを遊弋《ゆうよく》している。いつでもヌエを呼べる。戦いの準備は整った。

朝日が上ったらお万がくる。お万は躊躇しない。何があってもすぐに紅葉を殺す。それまでに将軍が間に合うかどうか。お万が来るのが先か、維茂が来てくれるのが先か……。いずれにせよ紅葉はヌエを呼ぶ。ヌエがお万を斃す。

お万が神棚を見ると、魔王の声が聞こえてくる。

「万、天界ノ敵、観世音菩薩ノ化身維茂ヲ斬レ。然スレバ菩薩滅ビ、魔王、天界下界ニ覇ヲ唱エン哉。其ノ前ニ紅葉ヲ殺セ」

「うるぜえ、もう紅葉に用はねえ。言われなぐでもぶっ殺す。てめえにも用はねえ」

お万は大声で怒鳴り、神棚を親指のない拳で殴りつけ、落下すると微塵に踏み潰した。

魔王は嗤《わら》った。このような愚か者を選んでしまったことを。しかし、どんなに馬鹿であっても、維茂ごとき平凡な人間が天の剱を得たとしても、魔力を持った最強の鬼が負けることはない。身の丈八尺、目方百貫、膂力七十人力の体と、魔剣と化した五十斤の大鉈に、思いもつかない偶然が、三つも四つも重ならないかぎり。


そろりと卯の刻（朝六時）が近づく。お万のいる洞窟の方を見ていた紅葉が、ふと後ろを振り返ると、そこには驚きの光景が、度肝を抜かれる眺望が広がっていた。

崖から先は海だった。空と同じ真っ青の海が果てしなく広がり、彼方に夜明け前の朱に染まった水平線を引いている。海は山々の頂をはるか沖に浮かぶ孤島となさしめ、凝然《ぎょうぜん》として見つめる紅葉を呑みこまんとしている。ここは奥信濃の山の上、なのに広漠とした青い海がある。それはあたかも、一晩のうちに忽然《こつぜん》と姿を現し、信濃の国をその底深くに沈めた神の所業のようである。神は今、水平線の向こうに熱き日輪を押し上げようとしている。

「こは山の上なるぞ。なぜに、なぜに一晩で海になってしまったのか」

「雲の海だで。何年かに一度見られるかどうかの、真っ青な海だで」

「し、信濃国は、どこへ消えたのじゃ」

「安心してくだせえ。また帰《け》えってきますだ」

名も知らぬ盗賊が教えてくれた。雲海であった。この様な青い雲海はよほど気象条件がそろわなければ出現しない。

「これはまやかしの描いた虚無《きょむ》の誘《いざな》いか。それとも、天が与えてくれた母なる海なのか」

紅葉は海に向かって合掌した。

海よ、日輪よ
父よ、母よ
我に勝利を
我に生を

祈りが終わらないうちに、盗賊が叫んだ。

「お万様だ」

お万が斜面に姿を現した。やはり維茂は間に合わなかった。

「紅葉、ぶっ殺じでやる」

背中の着物をはじき飛ばして振り向いた紅葉は、すかさず両手をくわえた。大きく長い指笛の音が、奥信濃の山々にこだまする。

「ヌエよ、出でよ」

雲海に白黄色の日輪が昇り、雲間から瞬時に伸びた光の帯が紅葉を包み隠し、お万を射す。

雲海は黒い塊《かたまり》を生んだ。黒い塊は大きさと速さを増しながら、光の帯に乗って飛来し、巨大な鳥となって紅葉をはじき飛ばし、お万を襲った。

紅葉を包み込んだ日輪の中から突如として現れた巨鳥の速きことに、お万は逃げることも避けることもできない。太い鳥足が一瞬にしてその頭蓋を砕き、にぶい破砕音とともに、血煙を噴き上げさせた。

「うぎゃー」

今まで誰も聞いたことがないお万の悲鳴が山谷を貫き、巨体がゆっくりと後方にそり返り、地響きをたてた。

ヌエではなかった。鷲だ。巨大な犬鷲《ゴールデンイーグル》だった。

古代から日本に生息する世界最大にして最強の猛禽類、犬鷲。広げた翼は優に八尺を超え、両足の爪は鹿さえも吊り上げるという強大な力を持つ、偉大な空の王者である。

お万を倒した犬鷲は翼を広げたまま滑空し、雄大な円を描きながら、死んだように動かない紅葉を見下ろしている。やがて上昇気流に乗って大空に舞い上がっていく。山の民に王者の風格を見せつけ、遥か天空まで悠々と飛び続け、再び帰り来ることはなかった。

お万は不死身だ。少しずつ体を起こして片膝をつく。頭蓋の左半分が砕かれ、左の目玉が飛び出し、流れ出た鮮血で上半身を染めている。大鉈を杖にしてゆっくりと立ち上がると、魔王の声が聞こえてくる。

「紅葉を殺せ、紅葉を殺すのだ」

犬鷲の風圧に飛ばされた紅葉は、岩に叩きつけられて倒れていた。お万が紅葉に向かおうとすると後方から喚声が上がり、小五郎が郎党を引き連れ広場に到着した。

「我は侍大将小五郎なり。お万覚悟せい」

お万が振り返った。

「大将、おめえか。また来たか、ぶっ殺ってやる」

その体は頭半分が破壊されて脳髄がこぼれ落ち、左の目玉が飛び出して垂れ下がり、流れ出た鮮血で上半身が赤く染まっている。

「うわあー」

不覚にも小五郎ともあろう者が、その姿の言語に絶する恐ろしさに悲鳴をあげ、腰を抜かしてしまった。郎党が彼を助け上げ、一目散に逃げ出した。

緩慢な動きで振り返ったお万が紅葉に向きなおると、盗賊が紅葉に駆け寄っている。お万が紅葉に向かおうとすると、お万の背中に郎党からいくつもの矢が飛んだ。

「お万逃げるか。今将軍が参られるぞ」

「将軍だと」

お万が再び振り返る。小五郎は若武者に担がれて逃げる。彼は女鬼に二度も腰を抜かし、面目はつぶれ、以後は腰抜け大将と呼ばれることになる。

紅葉の体は盗賊に担ぎ出された。お万がのそりと追う。小五郎がわめき、郎党が矢を飛ばす。お万が振り向くを繰り返すこと三度、後方に喚声が上がり軍勢本隊が到着した。

何人もの若武者に担がれた将軍維茂が現れた。大きな白い劔を軽々と持ち、勇躍前に進み出て澄みきった声を上げる。

「我こそは将軍維茂なり。お万観念せい」

「でめえが維茂か」

お万と維茂が向き合った。割れた頭蓋はほぼ治りかけ、流血は全身に固まり、飛び出した片目は元に戻ろうとしている。その体に衰えはない。身の丈八尺、目方百貫、膂力七十人力。熊皮の胴着は筋肉と化した乳房を隠しきれず、大きな尻を包む腰巻は太ももの半分に届かない。筋骨隆々の太い腕で魔剣の大鉈を握り、力が漲《みなぎ》っている。

お万の顔を正面から見た維茂は、その恐ろしさにも、いささかも表情を変えることはない。菩薩の力を得たのは劔だけではなかった。その心身は揺るぎもしない無我の境地にある。

お万が大鉈を振りかぶった。

維茂は降魔の剣を高々と掲げ、そのまま上段に振りかぶると、お万の顔を一瞬睨んだだけで躊躇することはなかった。

地を蹴った維茂の体から発せられた甲高い気合いが、お万の濁声と交錯し雲下を揺らす。

「キエー」

「ギエー」

白刃の剛刀が円弧に刎《は》ねる。同時にお万が魔剣の大鉈を力一杯斬りつけた。

降魔の剣と、魔剣の大鉈が真正面から打ち合った。青き天空に風穴を開けんかとする金属の破壊音が、信濃の山々に響き渡る。

お万は見た、大鉈が砕けるのを。

熊の頭を叩き割り、幾多の人間の首を、胴を、足手《そくしゅ》を切り飛ばし、岩をも砕いた無敵の大鉈が微塵《みじん》に砕け散った。無数の小さな破片が視界いっぱいに拡がっていく。

――魔剣の大鉈が、負ける、なんて……。

ゆっくりと落下する放物線の中に、お万自身の死があった。

魔剣の大鉈を粉砕した降魔の剣は、そのままお万の脳天を捉え、顔、首、胴、股間まで一気に斬り裂いた。両足を大きく開いて地に下りた維茂は、滝のような返り血を浴びながら降魔の剣を力いっぱい引き抜き、腰を落として気魂あふれる残心を構える。

真っ二つとなったお万の体は、左右に開きながらゆっくりと倒れ、地響きとともに広場にのめり込んでいった。

荒い息を吐いた維茂は、手応えの残る降魔の剣を強く握ったまま体が硬直し、なおも血の海に沈んだ巨体から目を離さないでいる。

荒倉の山は、すべての動きが止み、すべての物音が消え、時が止まった。

# 第五章　凱旋

## 一

山は人の気配を消し、そよぐ風の音だけがする。

お万は夢を見ていた。白い水干を着た小さな若者が、扇を持って宙に浮き、お万を見下ろしている。透き通った声が、天からゆっくりと降り注ぐ。

「万生キ返リシハ死ヌル為也。幾多ノ者ノ命奪イシハ、魔王ノ仕業ト雖《イエドモ》為スハ万也。其罪償《ツグナ》ウハ死スル事ノ他ニ無シ。帰ル事無キ幾多ノ者ニ詫ビ、人ノ心ヲ取リ戻シタ後、自ラ命絶ツベシ」

お万は定丸を始め数々の殺戮《さつりく》の場面を思い出し、大粒の涙を流しながら、生まれて初めて大声で泣いた。

「お父、許してくんろ、おらが悪かっただ。おらが殺しちまった皆、すまねえ、許してくんろ」

「其ノ気持、持タラバ祈ルベシ。祈リ天ニ通ジルバ、万ノ罪黄泉《ヨミ》ノ国ニテ許サレン哉」

ひとしきり泣き声を出した後、お万は若者に聞いた。

「おめえ様は、いってえどなた様でごぜえますか」

「我観世音菩薩従者ニシテ、久遠修行ノ者也」

「行者様、今までの魔王様はこれから出てきねえんじゃろか」

「天界下界ニ於イテ魔王其ノ力失イ、二度ト現ル事無シ」

「行者様、観音様。すまねえでごぜえました。おらはこれからみんなに謝って、そのあと、自分で死ぬだ」

慈悲深い顔で、再び泣き出したお万を見つめながら、小さな若者は夢のなかに埋没していった。


午後の陽射しは、森の影となった広場に幾本もの光の帯を投げている。

お万は目を覚ました。軍勢に切り刻まれて深く埋められた体も、顔も手も元に戻っている。お万が生き返ったのは死ぬためだという。命を奪った者に詫《わ》びた後、人の心を取り戻し、自分で命を絶たなければならない。野心も、欲望も、憎悪もすべて消え失せていた。落ちている熊皮の胴着と腰巻も拾わず、力なく立ち上がると、ざんばらの長い髪を束ねもせず素裸のまま歩き始めた。裸足《はだし》が痛い。寒い。久し振りに生を実感している。あてもなく歩き山を下りると、かつて襲った荒倉村の寺にたどり着いた。

見覚えのある風景が、ついこの間のことのように思い出される。この村では大勢の侍を殺し、村長を殺し、略奪の限りを尽くした。だが、一介の老僧に叱られ経を上げられると、気力が失せて退散するしかなかった。

荒涼とした境内にただ一人、いがぐり頭に破れた袈裟をかけた荒倉寺の和尚が、砕けた石像を見つめ、寒風に耐えながら佇《たたず》んでいる。

「お坊様すまねえでごぜえました」

土下座したお万に、和尚は驚いた。

「お万か、お前は戦って死んだと聞いたのじゃが」

「おらは死ぬために生き返ったんだと、観音様に言われただ。いっぺえ悪いごとをしたんだがら、謝らなきゃいげねえって怒られたんだ。すまねえことをしましただ。そんで拝み方を……教えてもらいてえ……わーん」

土下座をした大きな体が、感極まったように大声を上げて泣き出した。

「どうやら憑き物が落ちたようじゃな。お前にはまだ立派に人の心があるではないか。その罪悔い改めると申すなら、今までの悪行を思い出し、心から謝りの言葉を申せ。そして、手を合わせて、南無阿弥陀仏と唱えるのじゃ。繰り返し繰り返し唱えるのじや」

「おらのために死んじまったみんな、おらが悪かっただ。かんべんしてくんろ。なんまいだぶ、なんまいだぶ、なんまいだぶっ」

お万はくり返し長いこと仏堂を、そして和尚を拝んだ。

裸のお万とボロを着た和尚、そして遠くから二人を見守る村人たちを茜色《あかねいろ》に染め、日が西の空に落ちようとしている。

「この後、いかがするのじゃ」

「戸隠に行って謝りてえ。紅葉にも謝らなくちゃあいけねえ。それから自分で死んで、あの世でお父とみんなに謝りてえ。ばあちゃんにも謝らなくちゃあなんねえ。そしたらお坊様、おらを拝んでくれねえか。おらは仏様になりてえ。なれるかな」

「拝みましょうぞ。その気持ちがあるなら、仏にも、神にもなれるじゃろう」

「お坊様、その前《めえ》にお願げえがごぜえます。裸足が痛くて、草履のかわりになるもんがねえじゃろうか。それと寒いんで、ひっ掛けるものがねえじゃろうか」

「そうか、お前はもう普通の人間じゃったのう。すぐに履物と着物を村から借りて来ようのう。あったかい汁も貰って来るから待っておれ。今宵は堂で寝るがよい。……ゆっくり休むがよい」

古刹《こさつ》の庭に座ったお万と、あわただしく立ち上がる和尚が、丸太のように細長い影を、どこまでも伸ばしていた。

二

長い一日が終わろうとしているころ、都では、参議藤原兼通《かねみち》が陰陽師安倍晴明の屋敷を訪れていた。

「これは参議様、よいところへ、今宵は酒宴でごじゃります」

「酒宴とな、ぜひ馳走にあずかろう」

部屋に入ると三人の美しい腰元がおり、華やかな宴席が並んでいる。

「これ、客人に酒を持て」

「はい」

屋敷は騒然とした。膳を並べ、酒を用意し料理を作る音がした。美しい腰元が出入りし兼通に酒を注ぎ、喉を潤した、はずであったが、

「何の趣向か知らんが、おことはさっきから、一人でどたばたと何をしておるのかの。またこの紙人形は何のまじないなのかの」

晴明の動きが止まった。その額から冷たい汗が流れる。同時ににぎやかだった屋敷が静寂に包まれ、腰元は姿を消した。この年晴明の四十九歳に対し兼通は四十五歳である。

「……。ひひ、申しわけごじゃりませぬ。参議様には術がかかりませぬ」

「妖術をかけようとしているのは、おことの目を見ればわかる。もっとも、まろはここに来る前から疑っておったがの」

「人を疑うことを知らない素直な御仁は、気持ちよく引っかかってくれるものでごじゃります」

「ふむ、それはどこぞの将軍のことかの」

「ひぃひひひ」

「ところで、信濃の雲行きのことを聞かせてもらおうかのう」

「ははっ」

ひとしきり呪文を唱えた晴明が、渾天儀《こんてんぎ》（天文観測用具）を使い、中庭から晴れわたった紺鉄の空を見上げて言う。

「おお、昨日まで大きく赤く光っていた艮《うしとら》の大きな星、輝きが落ち、狂気をはらんだ雲が消えて鬼が退治されたことでごじゃります。将軍がやってくれたようです」

「おお、まことか。将軍、よくぞ、よくぞやってくれた」

兼通は握った手を震わせ、感極まった。もし失敗したならば、あのおぞましい弟に嘲笑され、生きていられなかった。空を見上げた目には、うっすらと感激の涙が浮かぶ。

「巽にありて色淡き星、先の天子様の星にて、黒き雲払われ輝きが戻っておじゃります。天頂に在りて白き星、おお、明るさが元に戻りました。紅葉が元気になりました」

「左様か、これで朝廷も都も、そして紅葉も安泰じゃ」

眠れぬ日々が続いた苦労が報われ、安堵が二人を包んだ。

「それにしても、鬼退治の裏に帝の狂気を払うことが隠されていたことなど、頭の固い維茂にはわかるまいのう」

「将軍にはそれとなく書状を送っておいたのでごじゃりますが、なぜ帝がご退位あそばされたか、なぜに帝の星が黒雲の中にあるかなど、その裏までは読めないでごじゃりましょうな」

「むろん読めるわけはあるまい。維茂にどうしても裏を読んでもらいたいのなら、裏に墨で書かなければなるまい。おーほほほ……」

「ひぃー、ひひひ……。鬼退治が叶うなら、帝は御退位あそばされなくとも、大丈夫だったのではおじゃりませんか」

「なんだ晴明もわかって居らぬようじゃの。そこが関白の策じゃ」

関白太政大臣藤原実頼《さねより》のことである。

「やや、何のことでごじゃりましょうや」

「考えてもみいや。維茂が出立したあと、大急ぎで御退位の手続きをとった。帝の狂気はご幼少のころから続いていたことにして、たわいのない奇行話をでっちあげ、ご丁寧に裏付けまで用意したのだ。軍勢が出立したのが八月十七日、翌日帝の御退位を促したにもかかわらず、日付を八月十二日と戻した。さらに維茂に勅命を出した日を、十二日から翌十三日と変えた手の込みようは、まったくあっぱれじゃ」

「もしや魔王にまで、気を遣ったものでごじゃりますか」

「そのもしやじゃ。軍勢を派遣したのは、まだ魔王の息のかかっていない新しい帝ということになるから、先の帝には罪はない。どちらの帝も魔王に逆らってはおらず、朝廷は魔王から恨まれずに済む」

「では鬼退治が成っても成らなくても良いように、手を打っておいたという訳でごじゃりまするか」

「左様、譲位宣明さえ済ませておけば、後の儀式は遅れてもよいからのう。諸事万端、思いのとおりじゃ。このことを実頼様に教えたのが、誰あろうおことじゃ」

「な、なんですと。そのようなことは言ったりしておじゃりませぬ」

「晴明が占いをした朝堂院の席で、――鬼を打ち取れば帝の狂気払われ、以前のような立派な帝に戻られる。と言ったであろうが」

「たしかに、そのとおりにて、それがどうして……」

「立派な帝に戻られては困るのじゃ」

「えあっ」

「帝のまま鬼退治が叶うならば、狂気が払われて元の凛々《りり》しい帝に戻られてしまう。そうなったら、関白など用なしじゃ」

「…………」

「新しい帝はまだ御幼少。あの影の薄い実頼様が関白どころか、せ、せ、摂政になるというではないか」

「ま、まことにもって見事なご采配。ひぃひひひ」

「まろも悪いところは見習わなくてはならないのう。ひぃひひひ。――いかん。下品がうつってしまったではないか」

「ひぃひひひ」

「ところで晴明、魔王はどうやって帝に取り憑いたのじゃ」

「え、何のことでしょう。ま、まろは、なーんにも存じておじゃりませぬ」

「知らぬわけはないであろう。言え、言うのじゃ。白状せよ」

「し、知りませぬ」

「ふーむ、それでは言うが、怪しい祈祷師が、魔王を呼んだという噂があったと聞く。その祈祷師は羅城門で何者かに殺されたらしい。その妖しい祈祷師こそが、都の黒い雲であったのじゃな。それを祓ったのがおことじゃ。おことは羅城門の荒くれどもを支配しているではないか。最初から知っていたな」

「ま、まいりましてごじゃります。参議様に隠し立てはできませぬ」

「信濃の大雲と都の雲、同時に祓われるなどと、おかしいと思ったわ。だいたい黒雲などと、気の小さい公卿どもを煙に巻く小賢しいまやかし言葉を使うとは。まろの目はごまかせぬぞ晴明」

「ひっ」

「じゃが、都を救ったのは、おことじゃった。ありがたいことじゃ。それまでのことは水に流し、見返りを考えなくてはのう。今後、できるだけのことはしよう」

「ははっ、有り難きこと。これからは何もかも参議様の意に適いますように致します」

兼通の本心は、朝廷も都もどうでもよかった。官位で上をいく弟、中納言兼家が将軍に推した満仲を抑え、自らが推して将軍にした維茂が鬼を討ったことが、この上もなく喜ばしく、嬉しい。晴明が言う。

「そういえば一つ将軍に言い忘れたことがごじゃりました。人間極限まで思い焦がれると、妖術にかかってしまうことがあると」

「何じゃと、またおかしなことを言い出したのう。しからば、貴女が将軍に妖術をかけたというのか」

「誠実な性格といえば聞こえがよろしいが、まったくの純真無垢で素直な心を持った将軍と、どちらかと言えば天真爛漫な紅葉でおじゃりますから、お互いに自分で妖術をかけていることに気がつかないこともあります。また、お互いに術にはまってしまっても、気がつかないことでごじゃりましょうや」

「そうか、晴明、教えてあげよう。世の中はの、どこぞの純真無垢の将軍や、天真爛漫な奥方のように素直な人間ばかりではないのだぞ」

晴明の心臓がドキリと音を立てると、一段と反っ歯が飛び出してしまう。

「二人がお互いに妖術をかけ合ったなどと、都合のよい話を信じる者は、よほどのお人よしじゃ。本当はおことの妖術ではないのか。二人が都に居るときに、あらかじめ妖術をかけておいたのではないのか、そうであろう」

「し、知りませぬ」

反っ歯の間から唾が飛び散る。

「晴明、儂の目を見よ。二人に何をした。白状せよ」

「な、何もしておじゃ。何もしておじゃりませんが」

「が、がとは何じゃ。何もしていなくとも、何かあるのじゃろうが」

「ごじゃりましぇぬ。ひひ、まろは何にも知りませぬ」

「ふむ、左様か。そこまでしらを切るか。そういえばおことは、よい護符をくれると評判であったのう」

「ひっ」

「ありがたいものだとか何とか言って、ほかの者からは高い銭を取るくせに、二人からくれとも言われないのに、銭も取らず護符を押しつけたのではないか。どうじゃ。護符とは真っ赤ないつわり、二人を操ろうとする妖術の使いではないのか。え、白状せい」

「ひひっ」

「あるいは同じ護符を持たせ、夢を見させる、などと都合のよいことを言って二人を妖術にかけたのではないか。おことなら、そのくらいは容易《たやす》いであろう。どうじゃ」

「ひぃー、全きをもってそのとおり、参りましたでおじゃります。参議様には隠し立てはできませせぬ」

「ひぃひひひひ、どうじゃ晴明、ほかにも隠していることがあるのじゃろう。見せてみぃ」

「わ、わかりましてごじゃります。そ、それでは、こちらで見てもらいましょう」

平安の都広しと言えども、晴明を手玉に取れる者は兼通のほかにはいない。

晴明は兼通を奥の塗籠《ぬりごめ》に案内した。壁に囲まれた部屋は戸を閉めると真の闇だ。一本のろうそくに火をつけると、中央の台の上に透きとおった丸い玉があるだけでほかには何もない。ろうそくが逆さまに映った玉を中にして二人が椅子に座り向き合った。

「これは我が家に伝わる水晶玉。遠く呪術の世界が見渡せます。祓いたまえ、清めたまえ」

五寸ほどの玉が光を帯びた。玉の中にみすぼらしい女房が見える。

「やや、これが紅葉か。汚いなりで、何やらせわしく動いているが」

「左様で、宴席の準備を厭《いと》わないようでごじゃります」

みすぼらしい武士が現れた。

「汚い身なりじゃが、これが維茂か。どちらも苦労をしたようじゃのう。何やらだいじそうに渡しているのは、なんじゃ枯葉ではないか。お前はタヌキか」

再び晴明が呪文を唱えた。玉の中がさらに明るくなっていく。紅葉《こうよう》の山に囲まれ風情のある滝に虹がかかっている。紅白の曼幕《まんまく》の中に、腰元二人を従えた美しい身なりの姫御前が座して、立派な武者と酒を酌み交わしている。

「やはり、二人とも護符の妖術に、はまったようでごじゃります。ひぃーひひ」

「妖術の中は晴れやかじゃの。やや紅葉が嬉しそうに櫛を頂いておるぞ。あれは枯葉ではなかったか。こらこら維茂め、たぶらかしおったの」

「純粋な心は何度教えても、同じような妖術にかかってしまうものでごじゃります」

「左様のう。それはさておき維茂が都に帰ってきたら、褒美は何にしようかの」

「ぜひ、荒倉山で見た夢をお許しいただきたいでごじゃりましょう。紅葉を妻に迎えるのがよろしいかと」

「それはできん。紅葉には死んでもらう」

「何と、そ、それは気の毒というものでごじゃりましょう。お万を退治するのに紅葉の果たした役割は小さくはありませぬぞ」

「かといっても、紅葉を殺すのは勅命であるぞ。其許《そこもと》は勅命を破るつもりか」

「いえ、めっそうもごじゃりませぬ」

「では紅葉を殺さねばならぬのは、わかっているじゃろうが」

「……恐れながら参議様に、もの申し上げます。人の心というものは、一度決めたからといって、何があっても曲げぬことは、人の道に背くこともあるのではごじゃりませんか」

「晴明何を申すか、儂をおどしているのかの。では言おう。紅葉を殺すことなどいとも容易いことじゃ」

「でごじゃりまするから、そこをなんとか曲げて……」

「へそのほかは曲げることはできないぞ。ともかく、まあよく聞け。紅葉を殺すに刃物はいらぬ。これは、越後守源信明《さねあきら》から教わったことなのじゃ」

「へ、刃物を使わずに殺す。では毒でも盛るのでごじゃりましょうや」

「ぶ、ぶっそうなことを言うでない。よいかの、紅葉を殺すのだから、以後紅葉はこの世に存在しないのじゃ。ほかの名前の者はいくらいても構わないが、紅葉という名の鬼女は死んだのじゃ。わからぬか」

「……、な、なんともよくわからないのでごじゃりますが」

「えーい、鈍いのう。だから名前を変えよと言っておるのじゃ。わかったか」

「な、な、なるほど。紅葉は死んだことになるが、本人はほかの名前で生きているわけでごじゃりまするか」

「おーきな声でいうでなきぞ。ひぃひひひ」

「では紅葉も安泰。すばらしい褒美でごじゃりますなあ」

「ようやくわかったか晴明、おまえはほんとに頭の回転が遅い男じゃのう。恐れながらもの申すじゃとう。曲げるとかなんとか、人の道などと、恐れてなんかいないではないか。こら、なんとか言え」

「ひーひひひひ」

「それだけではないのじゃ。実頼様は実にするどい。百年、いや千年先を見通しておる。すなわち公卿の皆に言ったのじゃ。——特異な能力を持った紅葉とお万は、もう二度と現れてもらっては困る。それが世の平安を願う為政者の心じゃと。よいか晴明、ここで話したことはすべて忘れろ」

「ええっ」

「鬼退治はなかったことにする。勅命も軍勢も何もなかったのじゃ。維茂は都から追放し、領地に閉じ込めることになるだろう」

「し、しかし人の口に戸は立てられませぬぞ。表舞台ではなくとも、世間に広まってしまうのではおじゃりませぬか」

「紙に書いたものさえなければよいのだ。朝廷の記録はまろが責任をもって消す。世間のことはお前たち陰陽師の仕事であろう。占いであろうが、もののけの仕業であろうが何でもよい。この話、鬼退治はなかったことにするのじゃぞ。よいの」

「はっ、ははー。でございますが、ひぃひひひ。何か足りないような……」

「晴明さすがじゃのう。表向きの理由のほかに、話せぬこともあるのじゃ」

「それはもしや、紅葉になにか秘密があるのでは、ごじゃりませんか」

「よいか、これは口外してはならぬぞよ。実は紅葉は伴大納言の末裔なのじゃ」

「な、何ですと」

「紅葉はどういう訳か父御《てご》とともに、先祖伴大納言の仇を討つために上京したらしい。その仇とは藤原良房の末裔じゃという。考えてみれば、良房の孫は清和天皇、清和天皇の孫は源経基、ということは紅葉は仇と連れ添ったのじゃ。たぶん両人とも気がついていないのであろうがのう。いずれにせよ天子様が出てくるようでは隠さねばなるまい」

「あまりといえばあまりのこと。紅葉に知られてはならぬでおじゃります。わかりました。陰陽師の総力をあげて、この鬼退治はなかったことにします」

「噂は噂で残るだろうが、百年、千年とたてば伝説になってしまう。心配はいらぬであろう。おーほほほほ、おーーほほほほほほほほ」

三

道端に見つけた魔王の祠に手を合わせる市女笠の女がいた。

「父上、母上、都とは反対の方向へ行くことになりました。申しわけなきことながら、ご先祖様の仇は討てそうにありません。お許しください」

女鬼お万を斃して半年が過ぎている。維茂は信濃国司を返上し、郎党とともに領地越後国三川村に帰ることになった。旅の途中、もうじき東山道碓氷坂にさしかかるところ、後方には新しい妻となった御前一行が続いている。紅葉は御前様と呼ばれるようになり、紅葉とは呼ばないよう達せられていた。その御前にとって三度目の旅は故郷への凱旋《がいせん》である。懐かしい山や川が待っていてくれる。

三本足の老犬が吠えた。

「猿や。猿がこちらを見てはる。お方様、お方様見てくだはれ」

「どうしたのじゃ。猿くらいどこにでもいるではないか」

「あの真ん中の大きな猿の顔を見てくだはれ」

「飛助と同じ片目ではないか。え、片目とは、昔わらわが斬りつけた猿ではないのか」

数匹の猿の群れが、祠の脇の灌木に登って一行を見ている。大将と思われる大きな猿の左の顔には、刀傷があり片目だった。

「鬼無里の峠から碓氷坂まで、猿が来ることはできるのか」

「へえぞうさねえで、猿はそのくれえ動きますで」

「刀で猿を斬る侍はおるのか」

「いねえがな。背中は斬れても、猿は素早いから顔は斬れねえ」

「お方様、あの時の猿に違いあらへん」

「あの猿は、わ、わらわが斬った猿だと申すか」

紅葉とやえが都からの旅の途中、大洞峠を下っている時数匹の猿に襲われた。杖を奪われた紅葉が、飛びかかってきた猿に懐剣を振ると、落ちた猿を仲間が引きずり姿を消した。懐剣は確かな血を吸っていた。

それから八年が過ぎた。御台所の大事な形見である懐剣は、いま御前の懐に入っている。

「生きておったか。そうか……」

「こら、お猿さんたち、あての薬袋を返すのや。この泥棒」

猿の群れは、やえの大声と老犬ヨタの吠え声に背を向け、林に呑まれていった。


「御前様、紅葉様の名は、あないによいことをしたんやから、これからずっと慕われていきますなあ」

「そうはいかないじゃろうて。今でも都では、鬼女紅葉が山を崩し里を流したと言われておろう。しかも鬼女紅葉は死んだことになっておる。一度出たうわさはなかなか消せないものぞ。あと百年もすれば、ほかのことはすべて忘れ去られ、紅葉一人が悪者になっていようて。首を斬られたことなどになっているやもしれん。その首がどこかに飛んでいってしまう、などという恐ろしい話になっていることじゃろうて。うう、こ、恐いのう」

「自分でゆうて、自分で恐がってどないしはるんや」

「昔から悪く言う方がおもしろいのは、仕方のないことじゃ。したが、あそこの村では、わらわのことを百年たっても慕ってくれると思うが」

「そうや。日向村、山影村や鬼無里では紅葉様は神様や。百年どころか、千年たっても変わらへんのや。う、うぷっ」

やえは口を押さえてしゃがみ込んだ。

「どうしたのじゃ、やえ。顔色が悪いぞ。よもやお腹では」

「へえ、やえ様はつわりなもので」

「な、何じゃとう、やえが身ごもったとう。わらわに断りもなく。飛助、悪者はお前か」

「へ、へえ」

「こらあ飛助許さんぞ。お前の子は下人になるのじゃぞ。やえも下人にしてしまうつもりか。それでもよいのか。どうなのじゃ。え、え、飛助」

「へえ」

飛助の隻眼が、一瞬あらぬ方向にそれた。

「飛助、お前は他にも隠していることがあるじゃろう。わらわの目はごまかせぬぞ。言うのじゃ。言わぬと許さんぞ」

「て、天地神明に誓っても、そのようなことはござえません」

「ほう飛助よ、下人のお前がずいぶんと難しい言葉を知っておるのう。その言葉はわらわがお館様に申し上げた言葉。さてはあの時盗み聞きしていたな。もう許さん。覚悟せよ」

御前は両手を口にして、指笛を吹いた。

「ヌエよ出でよ。飛助を食ってしまえ」

ヌエは来なかった。何度繰り返しても雀一匹すら来ない。

「鳥が呼べなくなってしまったのじゃあ」

馬上の維茂が飛助を呼んだ。

「飛助ようやった、大事にいたせ。戸隠の鬼退治に其の方の果たした功は大なるぞ。褒美を取らせるとともに、今日からお前を良民とし、我が郎党に取り立て、やえ女とともに生涯御前の世話を命ずる。よいか」

「りょ、良民……、へ、へ、へへー、ありが、あり、ありが、ああわわわわ」

「うぷっ」

御前が下を向き口に手を当てた。刹那、隻眼に光が走る。

「お嬢様あ、御前様、さすけねえだかや。お加減がお悪いようですが。あれー、ひょっとして、つわりってえやつじゃあござえませんか、いっひっひっひっ」

「飛助、へんてこな顔にまったく似合わない刀傷をつけて、いつも怒っているお前が、生まれて初めて笑ったな。許さん、許さんぞ。うぷっ、げー」

「あー間違えねえ。将軍様、将軍さまー、お嬢様が、御前様がご懐妊なされましたあ」

「何と、御前もか。ようやった。飛助、心配はいらん。悪者は儂じゃ。めでたい、めでたいのう。わーははは、わーははは」

「げー」

「げー」

完

紅葉舞う～鬼女は伝説になった～

2018年4月24日　初版第1刷発行

著　者　友野　幸生
発行所　ブイツーソリューション
〒466-0848　名古屋市昭和区長戸町4-40
TEL　：052-799-7391　　FAX　：052-799-7984

発売元　星雲社
〒112-0005　東京都文京区水道1-3-30
TEL：03-3868-3275　　FAX：03-3868-6588

印刷所　モリモト印刷

ISBN978-4-434-24571-8